Le Poète Aveugle

Aboû 'l-'Alâ 'Al-Ma'arrî

(973 A. D.)

Justification du Tirage

Tiré à deux cent cinquante exemplaires, tous numérotés et paraphés par l'éditeur, savoir :

25 sur papier du Japon, de 1 à 25;
225 sur papier vergé, de 26 à 250.

N° 

Un Précurseur d'Omar Khayyam

LE

Poète Aveugle

EXTRAITS DES POÈMES ET DES LETTRES

d'Aboû 'l-'Alâ 'Al-Ma'arrî

(363 A. H.)

Introduction et Traduction

PAR

GEORGES SALMON

Chef de la Mission scientifique française au Maroc

PARIS

CHARLES CARRINGTON, LIBRAIRE-ÉDITEUR

13, Faubourg Montmartre

1904

Au Dr J.-C. MARDRUS

RÉVÉLATEUR

DES MILLE ET UNE NUITS

INTRODUCTION

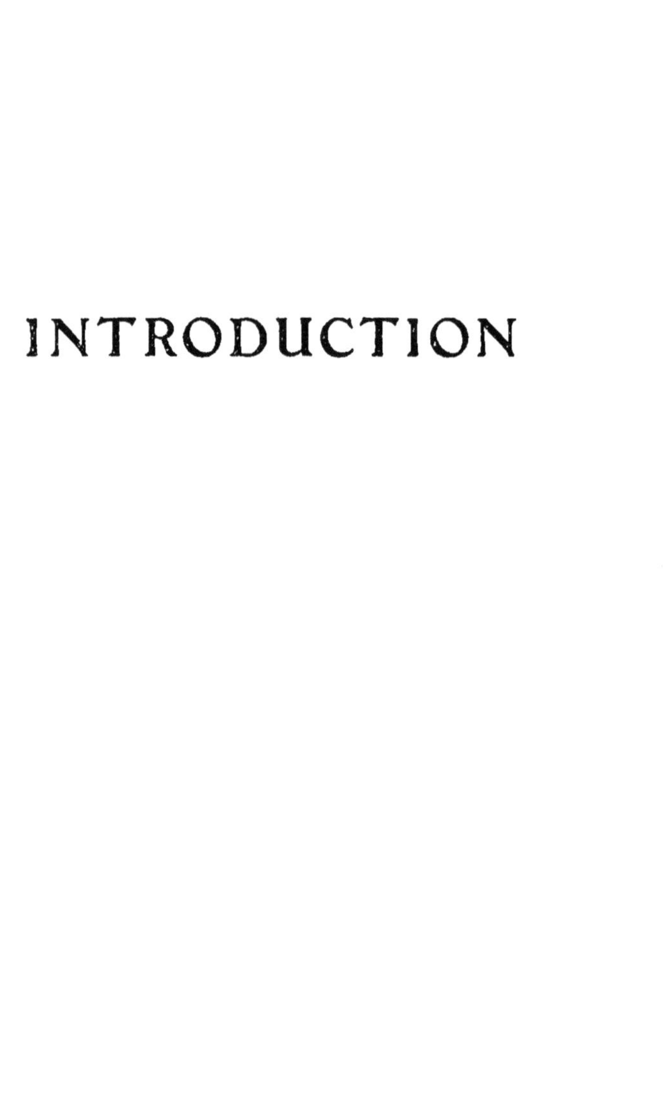

« O plongeur! tu roules dans les ténèbres de la nuit et la perdition aveuglément! va, cesse les travaux pénibles, car la Fortune n'aime pas le mouvement! »

(Histoire du Pêcheur avec l'Efrit, MILLE NUITS ET UNE NUIT, traduction J.-C. MARDRUS).

INTRODUCTION

Nous serons effacés du chemin de l'amour,
Le Destin nous broiera sous ses talons...
(OMAR KHAYYÂM).

Le voyageur qui quitte Hamah pour se diriger au nord vers Alep doit d'abord pousser sa monture sur la rive gauche de la vallée encaissée où bouillonne l'Oronte, Al-'Âsi « cet éternel révolté », descendre jusqu'à Schaîzar, l'ancienne Césarée de l'Oronte, pour y trouver un pont, le vieux pont de pierre à l'entrée duquel les Mounkidhites, seigneurs de Schaîzar, gardaient jalousement l'entrée de leur château-fort, puis traverser les marécages qui se prolongent jusqu'à Apamée et, quittant la rive du fleuve, s'enfoncer dans la prairie où gisent les ruines d'Al-Barah. Arrivé au monticule qui abrite Rîha, le Djebel Arba'în, la montagne des Quarante, il peut voir à sa droite, à dix milles au fond d'une vaste plaine, le village coquet et vieillot qu'est Ma'arrat an-No'mân.

Ma'arrat était autrefois une grande cité, comme en témoignent les vestiges disséminés dans la campagne, et

2

surtout cette magnifique mosquée, dont le dôme, supporté par huit colonnes, domine cette ruche de sa masse imposante. Si l'on fouillait même plus profondément dans le sol, on retrouverait sans doute les vestiges de l'antique Arra, que l'itinéraire d'Antonin fixe à vingt milles au sud de Chalcis et à trente-neuf au nord d'Epiphanie. Dès les temps préislamiques, Ma'arrat était déjà habitée par une des plus puissantes tribus arabes, la tribu de Tanoûkh, dont les migrations constituent une phase de l'immense épopée dont s'enorgueillissent les bédouins d'Arabie. On l'appelait alors Ma'arrat de Homs, mais peu de temps après la conquête de la Syrie par les Musulmans, elle prit le nom d'An-No'mân, d'après No'mân ibn Bashîr, gouverneur de Homs sous le khalifat de l'omayyade Merwân.

Cette petite ville devait avoir à l'époque des Croisades une destinée bien changeante. Après avoir appartenu tour à tour aux princes d'Alep et aux khalifes fatimites d'Egypte, elle devait tomber au pouvoir des Croisés, peu de temps avant la prise de Jérusalem, en 1098, et rester en leur possession jusqu'à ce que le glorieux « martyr », l'atabek Zengui, la rendît à l'islamisme en 1134.

Tanoûkh était une de ces tribus arabes chrétiennes qui avaient opposé le plus de résistance aux premières prédications de l'islamisme. Son habitat primitif avait été les îles Bahréïn, mais ses ramifications s'étaient étendues sur toute l'Arabie méridionale, tandis que celles de Gassân couvraient le nord de cette contrée jusqu'auprès de Damas. C'est une branche de cette tribu qui avait émigré vers le nord, sans doute à la suite des guerres du cheval Dahîs, et traversant le territoire habité par sa grande rivale, s'était arrêtée dans sa course errante à Ma'arrat.

L'islamisme avait passé, effaçant les anciennes rivalités et nivelant les nationalités. Mais les Tanoûkhites conservaient le souvenir de leurs origines, et, trois siècles après leur conversion, chantaient encore, dans leurs poésies populaires, les épisodes des luttes anciennes, que le poète Bohtorî, pour ses débuts poétiques, fut chargé par les habitants de Ma'arrat de réunir en un *diwân*.

Ce fut justement un descendant des Tanoûkhites, ce poète philosophe, ce Milton libre-penseur, dont l'influence sur la société arabe fut si vive au XIe siècle de notre ère, et qui fut si diversement compris et interprété, que les uns le vénérèrent comme un maître, les autres, comme Yâkoût, le traitèrent de lunatique « madjnoûn » et d'ignare « djâhil ».

Abou 'l-'Alâ Ahmad, fils d'Abdallah fils de Solaîmân, connu sous le nom d'Al-Ma'arrî, naquit à Ma'arrat an-No'mân en 363 de l'hégire, correspondant à l'année du Christ 973. Ma'arrat dépendait alors des princes Hamdanites d'Alep, qui avaient su mettre à profit déjà les trésors d'intelligence dont Allah avait comblé ces descendants de Tanoûkh. Le grand-père d'Aboû 'l-'Alâ avait été kâdî de sa ville natale, puis de Homs, et avait laissé le renom d'un homme pieux et entendu. La vocation poétique s'était déjà manifestée chez son père, qui paraît avoir eu une certaine valeur, bien que ses vers ne nous aient pas été conservés.

Il mourut jeune, d'ailleurs, laissant son fils Abou'l-'Alâ sous la tutelle de sa mère, une descendante de Sabîka, qui lui survécut encore une trentaine d'années.

Abou'l-'Alâ, privé de son père, rechercha l'affection de ses oncles maternels qui habitaient l'un Alep, l'autre Damas, et dont il admirait la passion des voyages. « Avez-vous pris Alexandre le Grand comme modèle ? » écrivait-il à l'un d'eux dans un poème. Mais ils avaient dû perdre dans leur vie errante beaucoup de leur zèle religieux et peut-être devons-nous voir là l'origine du libéralisme d'Al-Ma'arrî. Il paraît nous l'avouer lui-même dans une pièce de vers, rapportée par son biographe Safadî, où il se considère comme réprouvé pour avoir négligé le pèlerinage, chose grave pour un bon musulman, mais il donne pour excuse que ni son père, ni ses oncles maternels ne l'avaient accompli et il se console en disant que s'ils obtiennent leur pardon, il l'obtiendra bien aussi et que, dans le cas contraire, il partagera leur sort.

L'événement qui exerça le plus d'influence sur sa vie fut la petite vérole qu'il contracta au commencement de l'année 367, à l'âge de trois ans et demi, et qui lui ravagea la figure au point qu'il perdit l'usage de l'œil gauche et partiellement celui de l'œil droit. Il ne resta cependant pas complètement aveugle, puisque nous trouvons dans ses écrits des allusions aux couleurs des fleurs, au scintillement des étoiles, aux formes arrondies des lettres arabes. Mais la nuit complète ne tarda pas à remplacer la vision partielle dont il jouissait encore et il ne conserva de la nature qui l'entourait qu'un souvenir agréable auquel aucune amertume ne se mélangeait encore, ce dont il se réjouissait, lorsqu'après avoir fréquenté les hommes, il s'écriait en désillusionné :

Abou'l-'Alâ, fils de Solaîmân, la cécité t'a fait un don précieux,
Car si tes yeux voyaient la génération présente, ta prunelle n'apercevrait pas un seul homme !

Mais s'il ne put profiter des bienfaits de la vue, il fut doué en retour d'une mémoire prodigieuse, qui lui permit de retenir beaucoup des plus belles productions de la poésie arabe. Comme la plupart des jeunes gens de grandes familles à cette époque, il commença l'étude des traditions, à Ma'arrat même, sous la direction de Yahya ibn Mous'ir. Mais bientôt, séduit par la renommée de la cour hamdanide d'Alep, il résolut de quitter sa ville natale et d'aller demander la science à ce foyer de lumière.

Saîf ad-Daulah, qui avait conquis la principauté d'Alep en 346, avait su réunir autour de lui tout ce que la Syrie comptait alors de beaux esprits, de savants, de poètes, de grammairiens, qu'il pensionnait et aux discussions desquels il se complaisait. Ibn Khâlawaihi, le célèbre grammairien, qui y régnait sans conteste, nous a laissé des descriptions de ces soirées littéraires, présidées par le prince, où s'engageaient des controverses parfois violentes, telles que celle où le grammairien frappa au visage son adversaire le poète Motanebbi.

Le fils et successeur de Saîf ad-Daulah, Sa'd ad-Daulah, suivit les bonnes traditions de son père et lorsqu'Abou'l-'Alâ arriva à Alep, s'il n'eut pas le bonheur d'y trouver Ibn Khâlawaihi, qui était mort en 370, cinq ans plus tôt, ni Motanebbi, qui avait émigré au Caire, il se trouva du moins au milieu d'une société d'élèves du grammairien, dont il recueillit les enseignements.

Les noms d'Aboû'l-Kâsim al-Moubârak, d'Ibn Sa'd et des Banoû Kauthar, qu'il cite comme ses éducateurs, ne nous apprennent rien. Mais où nous devons chercher une influence sur son éducation, c'est dans le voyage qu'il entreprit à travers la Syrie, dont plusieurs places appartenaient aux Grecs et où il put étudier de près les dogmes de la religion chrétienne. Un de ses biographes raconte qu'à Latakieh il conversa avec un moine qui lui fit part des doutes qu'il éprouvait sur la religion révélée dont il s'avouait incapable de s'affranchir. Quelle créance devons-nous accorder à cette anecdote et quelle influence doit-on lui attribuer sur les idées du jeune poète? C'est ce qui restera toujours un mystère impénétrable.

Ce premier voyage d'Aboû'l-'Alâ dura peu, et en 386 (996), nous le retrouvons à Ma'arrat an-No'mân où il s'est installé pour cultiver, avec un maigre traitement de ses concitoyens, l'art auquel il s'est voué dès son plus jeune âge, la poésie. Car la poésie était alors une carrière à laquelle on préparait les jeunes gens bien doués, et où ils trouvaient souvent leur profit. Les poètes s'attachaient ordinairement, comme dans l'ancienne Arabie, à un prince ou à un ministre dont ils vantaient les hauts faits et dont ils chantaient les louanges, moyennant de fortes sommes de dinars, quittes à retourner leurs vestes pour exalter les vertus de leurs ennemis lorsque leur intérêt était en jeu. Si indépendant et désintéressé que fût jamais Aboû'l-'Alâ, en embrassant la carrière de poète, il se soumit aux mêmes mœurs, sans toutefois coudoyer jamais la fortune.

Il composa des poésies dès l'âge de dix-sept ans et c'est à cette période de sa vie que nous devons plusieurs des plus jolis morceaux du *Sakt az-zand*. Mais s'il eut à ce moment tout le loisir et les moyens matériels de suivre ses goûts poétiques, il ne perdit pas l'espoir de courir le monde, non pour jouir d'horizons dont la nature l'avait privé par avance, mais en tout cas pour fréquenter ses contemporains.

Le séjour de Ma'arrat ne lui plaisait guère : les descriptions qu'il nous donne de sa ville natale et de ses habitants sont plutôt tristes et contrastent singulièrement avec les assertions de géographes tels qu'Ibn Haukal ou Ibn Batoûta. D'ailleurs, les événements politiques lui avaient retiré, avec le voisinage de la cour hamdanide, la protection officielle et les fréquentations littéraires. La principauté d'Alep, s'appuyant sur les Grecs, était entrée en lutte contre le Khalifat d'Egypte dont elle dépendait nominalement; Ma'arrat, abandonnant son suzerain, s'était placée sous l'égide du vizir fatimite avec qui Aboû'l-'Alâ, délégué par ses concitoyens, avait engagé une active correspondance. Bien que la lutte se terminât par une abdication du Gouverneur d'Alep, Lou'lou, entre les mains du Khalife d'Egypte, Aboû'l-'Alâ subit l'effet du ressentiment de Lou'lou' et se vit supprimer sa pension. C'est alors qu'il se décida à quitter sans regret Ma'arrat an-No'mân pour se rendre à Bagdâdh, dans le but de s'y fixer, d'y vivre et de voir ses talents poétiques proclamés enfin dans un milieu élégant et raffiné.

Muni des subsides de son oncle maternel et des recommandations de sa mère, il se mit en route, en suivant le chemin qui, passant par Alep, rejoignait l'Euphrate à Bâlîs. Le voyage s'effectuait alors par eau jusqu'à Anbar ou Kadisyyah. C'est dans cette dernière ville que, la barque ayant été saisie par les agents du fisc, notre voyageur dut reprendre la voie de terre qui le conduisit à Bagdâdh.

La capitale abbâside était alors bien déchue de son ancienne splendeur, bien que les « maires du palais » bouyides y eussent élevé de nombreuses constructions. L'ancienne cité d'Al-Mansoûr était presque abandonnée et toute la population s'était portée sur la rive gauche du Tigre, dans les nouveaux quartiers de Schammâsyya et autour du palais des khalifes. La rive droite était cependant le refuge de beaucoup d'hommes de lettres qui se pressaient dans la vieille mosquée d'Al-Mansoûr pour y entendre les récitations publiques de poésie. Non loin de là, la rue appelée Souwaîka Ibn Gâlib était connue pour avoir donné refuge à nombre de littérateurs. C'est là qu'Al-Ma'arrî trouva un logement qui lui permit de se lier avec ses savants voisins.

C'était alors l'époque florissante des Académies, sortes de salons littéraires, où poètes et grammairiens discutaient à l'envi, sous la protection de quelque Mécène, dans un local mis spécialement à leur disposition par lui, avec une riche bibliothèque. Dans le même quartier, le Baïn as-Soûraïn « entre les deux murs », qui s'était élevé sur les anciens fiefs autrefois enserrés entre les deux murailles de la cité d'Al-Mansoûr, on remarquait l'Académie fondée par Sàboûr ibn Ardechîr, vizir du prince bouyide.

C'est là qu'Aboû'l-'Alà trouva son Mécène... et la gaieté :

> *Et dans la maison de Sâboûr une gaie chanteuse réjouissait nos soirs d'une voie mélodieuse comme celle de la colombe...*

C'est là aussi qu'il connut Sirafì et 'Abd as-Salâm de Basra, personnage influent, dont les études grammaticales et géographiques étaient tenues en haute estime ; là encore qu'il commença à se lier avec ce jeune Tanoûkhite qui devait être son élève et son confident, Aboû'l-Kâsim ibn Al-Mohsin. Mais les amitiés qui lui servirent le plus pendant son séjour dans la « ville de la paix », furent celles des gardiens des Académies, avec qui il entretint, pendant toute sa vie, une correspondance assez suivie.

Cependant son *Sakt az-zand* avait été bien accueilli. Les poètes de Bagdâdh le considéraient volontiers comme un des leurs ; bientôt les portes de tous les salons lui furent ouvertes, notamment celles des Nakîb, surintendants des

Alides, famille illustre dont l'autorité à Bagdâdh était immense : les Persans schi'ites les vénéraient comme les successeurs légitimes du Prophète; les khalifes 'abbâsides les craignaient et c'était, de l'autre côté du Tigre, vis-à-vis les palais des Khalifes, une autre cour rivale où affluaient les collectes faites à travers toute l'étendue du monde musulman au profit de cette famille vénérée.

Le chef de la famille, à cette époque, était le fameux schérif Radî, un ambitieux, cruel, violent, qui, poète lui-même, de réputation bien surfaite il est vrai, tenait un salon littéraire des plus fréquentés. C'est dans ce salon qu'il lui arriva une mésaventure qui témoigne de la violence que suscitaient à cette époque les animosités littéraires. Le frère aîné de Radî, Mourtadâ, mauvais poète, mais théologien distingué, était l'adversaire du célèbre Motanebbi, pour qui Aboû'l-'Alâ avait toujours professé une admiration sans borne. Certain jour, Al-Ma'arrî prit la défense de Motanebbi avec tant de chaleur et d'enthousiasme, en présence de Mourtadâ, que celui-ci ordonna de jeter dehors le malheureux aveugle qui, indigné de ce procédé violent, garda la chambre pendant plusieurs jours. Son infirmité lui avait d'ailleurs attiré déjà quelques désagréments. Un jour, voulant entrer chez le grammairien Aboû'l-Hasan ar-Raba'î pour écouter une conférence que ce célèbre vieillard, âgé de soixante-douze ans, faisait devant un auditoire d'admirateurs, il fut reçu par ces mots : « Faites entrer cet infirme! » Abou'l-'Alâ froissé s'en retourna sans avoir entendu le grammairien.

Il y avait cinq mois qu'Al-Ma'arrî habitait Bagdâdh, lorsqu'il apprit la mort du père d'Ar-Radî, Aboû Ahmad, nouvelle qui lui causa un chagrin immense, car Aboû Ahmad était plus qu'un protecteur, c'était aussi un maître, comme il en témoigne dans l'élégie qu'il composa sur lui et qui se trouve insérée dans son *Saḳt az-zand*. Peu après cet événement, la santé de sa mère commença à lui inspirer de vives inquiétudes et, pendant quelques mois, les mauvaises nouvelles se succédèrent de Ma'arrat, jusqu'au jour où, voyant ses ressources diminuer, pressé de voler auprès de sa mère malade, et peut-être aussi de fuir les salons où il avait éprouvé quelques froissements d'amour-propre, il résolut de regagner la maison paternelle.

La route qu'il suivit, lorsqu'il quitta Bagdâdh en 400 de l'hégire, fut à peu près la même que celle qui l'avait conduit vers la capitale. Il remonta le Tigre jusqu'à Mossoul, puis traversa la haute Mésopotamie pour passer l'Euphrate à Biredjik et revenir par Alep. Là seulement il retrouva des amis et se reposa quelques jours après un pénible voyage dans les solitudes neigeuses de l'Arménie méridionale.

Pendant ces longues journées de caravanes, il avait beaucoup pensé et fait un retour sur son passé. A peine avait-il quitté Bagdâdh qu'il avait regretté sa précipitation. Il quittait le foyer de la science, le centre artistique et littéraire, les bibliothèques, les réunions d'esprits délicats, le tourbillon d'une vie brillante que sa cécité lui avait seulement permis d'entendre et de sentir, pour retourner dans sa province, au milieu des poétaillons de Syrie, dont la renommée ne dépassait jamais les limites du district; il sortait d'une société raffinée par le contact de l'élément persan, pour rejoindre les rudes montagnards du Liban : « Je vous ai dit, écrivait-il à un ami, que celui qui quitte Bagdâdh ne trouvera aucune ville pour la remplacer, quand bien même il trouverait un véritable paradis, car là, la science la plus usée est encore fraîche, tandis que, partout ailleurs, la science la plus saine paraît malade. La Syrie est plus amicale et moins dispendieuse. »

C'était là, certes, un grave reproche que les hommes de lettres faisaient à la capitale. Le Kâdî Abd al-Wahhâb, après avoir émigré de Bagdâdh en Egypte, disait plus tard à ses concitoyens que s'il avait été sûr d'avoir un morceau de pain chaque matin et chaque soir, il n'aurait jamais quitté les rives du Tigre. Et ces regrets du même poète :

Par Dieu, je ne l'ai point quittée par haine pour elle et je connais fort bien les bords de ses deux quartiers.
Mais toute vaste qu'elle est, elle a été trop étroite pour moi et les destins ne m'y ont pas été favorables...
Bagdâdh est une demeure vaste pour les riches, mais pour les pauvres, c'est l'habitation de la gêne et de l'angoisse.
J'errais égaré dans ses rues, comme si j'eusse été un exemplaire du Coran dans la maison d'un athée!

En lisant ces vers, n'a-t-on pas sur les lèvres les adieux de Damon à la bonne ville de Paris, que Boileau nous a transmis en un langage si profondément pathétique ?

Décidé à vivre de souvenirs et à ne plus se mêler à la vie provinciale de Ma'arrat, qu'il trouvait trop étroite, il écrivit à son oncle et à ses concitoyens, avant son arrivée, pour leur déclarer qu'il revenait avec l'intention de se retirer du monde et de se confiner dans sa demeure, au milieu de ses livres, entouré d'un petit nombre d'intimes. C'est qu'un nouveau chagrin était venu s'ajouter encore à sa tristesse : sa mère était morte à Ma'arrat sans avoir pu revoir son fils. Il la pleura dans ses vers et aussi dans une de ses plus jolies lettres adressée à son oncle de Damas.

Aboû 'l-'Alâ avait trop préjugé de l'indifférence de ses concitoyens lorsqu'il avait annoncé son intention de vivre dans la retraite ; jamais surnom fut moins mérité que celui de « Doublement reclus » qu'on lui donnait, faisant allusion à sa cécité et à son isolement. Un homme qui avait fait le voyage de Bagdâdh était à Ma'arrat un personnage intéressant. La renommée de notre poète, répandue dans toute la Syrie, lui attira de nombreux disciples. Bientôt sa demeure fut trop petite pour contenir les jeune gens qui venaient entendre ses conférences sur la poésie et la grammaire. Ma'arrat an-No'mân devint le point de mire de toute la Syrie du Nord, et Aboû'l-'Alâ, loin de vivre en ermite, fut le premier citoyen de Ma'arrat.

C'est alors qu'il put se livrer tout entier à ses travaux littéraires. Il commença à préparer un commentaire de son *Sakt az-zand*, œuvre de jeunesse, pour laquelle il se montrait bien sévère. Ce commentaire, dicté à son élève Aboû Zakaryâ at-Tabrîzî, ne fut jamais mis en circulation. Le jeune secrétaire, le trouvant insuffisant pour une œuvre qu'il admirait beaucoup plus que son maître, en fit plus tard un nouveau, beaucoup plus étendu. C'est celui qui nous est parvenu et dont on trouve une édition imprimée au Caire. Cet Aboû Zakaryâ était son élève préféré. Natif de Tabrîz en Adherbaîdjân, il avait étudié à la célèbre Université Nidhâmyyah, fondée à Bagdâdh par le vizir du sultan Seldjoûkide Malak-Schâh. Il préparait un commentaire sur la Hamâsa, et c'est dans ce but qu'il était venu suivre les enseignements d'Aboû'l-'Alâ. Un autre élève, non moins assidu, était le fameux traditionniste Aboû'l-Kâsim 'Alî ibn al-Mohsin at-Tanoûkhî, né à Basra en 365 de l'hégire, qui entretint, par l'intermédiaire de son maître, une intéressante correspondance avec At-Tabrîzî. Celui-là aussi avait laissé une partie de son cœur à Bagdâdh et Aboû'l-'Alâ savait remuer en lui d'agréables souvenirs, lorsqu'il lui adressait son petit poème :

Parle-moi de Bagdâdh et de Hît !

Outre la société de ses élèves, Aboû'l'-Alâ vivait encore avec ses correspondants. Sa correspondance littéraire nous offre un tableau vivant de l'état des lettres au ve siècle de l'hégire. La plupart de ses lettres ont cependant un but politique et nous démontrent péremptoirement qu'Al-Ma-'arrî n'était nullement détaché des choses de ce monde. Sa vie publique paraît au contraire s'être affirmée à l'égal de celle d'un magistrat ou d'un chef de clan.

La petite ville de Ma'arrat an-No'mân venait, il est vrai,

de sortir de sa tranquillité pour se mêler aux événements du dehors. Déjà, en 386, elle s'était déclarée en rebellion ouverte contre Alep. De plus en plus, elle se détachait de sa grande rivale pour se placer sous le joug direct des Egyptiens. En 407, arriva à Alep un ancien esclave arménien qu'Al-Hâkim avait promu général et gouverneur de la Syrie septentrionale et qui avait pris le nom d'Azîz ad-Daulah. C'est à lui qu'Aboû'l-'Alâ dédia ses deux livres intitulés : *Le cheval et le mulet* et *Al-Ḳâ'if*. Peu de temps après, en 414, arriva un nouveau gouverneur, Sanad ad-Daulah, à qui notre poète offrit son traité *Sanadyyah*.

Ces rapports courtois, entretenus par Aboû'l-'Alâ avec les gouverneurs d'Alep, n'étaient pas complètement désintéressés. Le précédent gouverneur, Azîz ad-Daulah, lui avait proposé la charge de poète de la cour, mais Aboû'l-'Alâ, averti sans doute par quelque pressentiment, refusa cette offre par une lettre fort courtoise. Il ne regretta pas sa décision lorsque, deux ans après, on apprit qu'Azîz ad-Daulah,voyant son crédit ruiné auprès du khalife d'Egypte, s'était déclaré indépendant et avait frappé des monnaies en son nom.

Après Sanad ad-Daulah, vint au pouvoir Sâlih ibn Mirdâs, en 418. Ma'arrat était en pleine effervescence. L'année précédente, une insurrection avait eu lieu à la suite des déclarations d'une femme qui s'était réfugiée dans la grande mosquée, à l'heure de la prière, prétendant avoir été insultée par le tenancier d'une taverne, chrétien sans doute. Le peuple s'était porté en masse contre cet homme, avait démoli la taverne et répandu les boissons. Le vizir du nouveau gouverneur d'Alep, Théodore, qui était chrétien, et qui avait déjà d'autres raisons d'être indisposé contre les habitants de Ma'arrat, conseilla à son maître de faire arrêter soixante-dix des principaux notables de cette ville. Ce fut naturellement un grand scandale dans toute la région, et Safadî nous raconte qu'on fit des prières en faveur des prisonniers dans les mosquées d'Amid et de Mayâfârikin. Sur ces entrefaites, Sâlih ibn Mirdâs passa à Ma'arrat an-No'mân et demanda à voir le poète qui profita de cette occasion pour faire, en faveur de ses concitoyens, un plaidoyer si éloquent, que le gouverneur leur rendit la liberté. Ce succès diplomatique contribua pour beaucoup à la renommée d'Aboû'l-'Alâ, qui célébra d'ailleurs sa victoire dans une épigramme pleine d'esprit.

Aboû'l-'Alâ, devenu une célébrité, recevait chez lui tous les personnages de quelque importance qui passaient à Ma-'arrat, c'est-à-dire tous ceux qui se rendaient d'Alep au Caire. En 420, il reçut la visite du kâdî 'Abd al-Wahhâb, qni revenait d'Egypte à Bagdâdh ; tous les gouverneurs d'Alep lui envoyèrent des émissaires, et de nombreux poètes vinrent se fixer à Ma'arrat pour jouir de sa société. Jamais ascète ne fut plus fréquenté ; jamais aveugle n'eut plus de connaissance du monde extérieur.

Beaucoup des élèves, des correspondants et des compatriotes d'Al-Ma'arri auraient pu cependant être choqués de certaines pratiques qu'avait adoptées le poète. La plus étrange, certainement, était le vœu qu'il avait formulé dès l'âge de trente ans, lors de son retour de Bagdâdh, de ne jamais manger de viande et de ne jamais boire de vin. La récente publication de M. Margoliouth a jeté un nouveau jour sur ce régime végétarien qu'il s'imposa volontairement et auquel il demeura fidèle jusqu'à sa mort, quarante-cinq ans après.

Loin de considérer cette pratique comme une règle de conduite personnelle, il l'érigea en dogme dans certains passages de son œuvre principale, la *Louzoûmyyat*, recueil de poèmes de longueurs très variées où il exposa ses croyances particulières. Outre ce respect qu'il professait pour tout être vivant, doctrine que ses biographes appelèrent Brahminisme, il préconisa encore la coutume de la crémation, telle qu'elle était pratiquée dans l'Inde. D'ailleurs le sort réservé au corps après la mort devait lui être indifférent, puisqu'il croyait à l'anéantissement final, tel que l'ont compris les Djaïnistes.

Ces doctrines devaient naturellement être taxées d'hérésie par un grand nombre de pieux musulmans qui s'étonnaient d'une telle audace. Si l'on ajoute à ces passages les vers où Aboû'l-'Alà raille non seulement les Juifs et les Chrétiens, mais encore les Musulmans fanatiques, on ne doit pas s'étonner que sa *Louzoûmyyat* ait été accueillie assez froidement dans beaucoup de milieux. A côté de ces passages hérétiques, nous en trouvons, il est vrai, où notre poète parle comme un pieux musulman, comme un véritable orthodoxe, ce qui prouve bien que si le libéralisme arrivait par instant à se faire jour dans son esprit, il vivait encore dans des milieux trop orthodoxes pour l'ériger en dogme absolu et l'exposer méthodiquement.

Il écrivit cependant deux autres ouvrages entachés d'hérésie, mais qui ne sont pas parvenus jusqu'à nous. L'un d'eux était intitulé *Goufrân* « Pardon », l'autre *Astagfir* « Je demande pardon ». C'est au premier de ces deux ouvrages que fait allusion l'épigramme rapportée par Safadî dans son commentaire sur la Lâmyyat al-'Adjam :

J'ai visité le tombeau d'Aboû'l-'Alâ le satisfait,
Lorsque je suis venu à Ma'arrat an-No'mân,
Et j'ai demandé à celui qui a pardonné les péchés
Qu'il guide vers lui l'épître intitulée Al-Goufrân.

Les pieux Musulmans, qui avaient accepté difficilement ses railleries, poussèrent de hauts cris lorsqu'il s'avisa de rédiger un livre sacré et de prétendre le comparer au Coran. Ce livre, bien entendu, ne nous est pas parvenu : il dut être détruit du vivant même d'Aboû'l-'Alâ ou sitôt après sa mort; mais les témoignages unanimes de ses biographes ne nous permettent guère de douter de son existence. Ce fut naturellement un grand scandale dans l'Islam, surtout lorsqu'un critique lui ayant communiqué ses doutes sur le succès qui était réservé à ce livre, il répondit simplement : « Faites-le lire dans les mosquées pendant quatre siècles, et vous m'en donnerez des nouvelles ! »

La question de la religiosité d'Al-Ma'arrî était donc le sujet de vives discussions. Bientôt on l'attaqua directement, mais il mit ces accusations sur le compte de la jalousie qu'excitaient son talent et sa renommée chez ses contemporains. Un jour, un habitant de Ma'arrat, nommé Aboû 'l-Kâsim al-Moukrî (le lecteur), poète assez médiocre, entra dans le cabinet d'Aboû'l-'Alâ et fut invité à faire une lecture sur le Coran. Il ne trouva rien de mieux que de lire le verset : « Celui qui est aveugle dans ce monde sera encore plus aveugle et plus égaré dans l'autre monde », faisant allusion à l'infirmité et à l'égarement du poète. Aboû'l-'Alâ le complimenta, mais lui adressa en partant cette épigramme :

Cet Aboû'l-Kâsim est une merveille pour tous ceux qui savent et qui ne savent pas !
Il ne sait pas les vers et il ne retient pas le Coran,
Il est le poète-lecteur !

Les élèves et les admirateurs d'Aboû'l-'Alâ répondirent à ces attaques avec véhémence. Longtemps après la mort du poète, on écrivit encore des livres entiers pour prouver son orthodoxie indiscutable. Ibn al-'Adîm dit que tous ceux qui l'attaquèrent ne l'avaient jamais entendu, mais que tous ceux qui l'approchèrent ne purent que l'admirer.

Le renom de végétarien qu'Aboû'l-'Alâ s'était attiré lui procura des correspondants qui, anxieux de s'instruire sur cette doctrine étrange, s'adressèrent à lui. Tel cet Hibat Allah dont la correspondance nous a été conservée.

Aboû Nasr Hibat Allah ibn Abî 'Imrân occupait au Caire les fonctions importantes de « dâ'î ad-dou'ât », missionnaire des Alides. Il résidait à l'Académie, fondée au Caire par le khalife Al-Hâkim en 395 et que le vizir d'Al-Moustansir, Al-Afdal, devait fermer moins d'un siècle après. Elle était devenue, dit-on, un foyer d'hérésie, et l'historien Makrizî se fait l'écho de ces accusations. A l'époque qui nous occupe, cette Académie paraît n'avoir pas été très orthodoxe, et lorsqu'on lit la correspondance d'Aboû'l-'Alâ et de Hibat Allah, on est porté à croire que le plus hérétique des deux n'était pas notre poète.

« Ton entendement et ta croyance sont-ils indisposés? avait dit Aboû'l-'Alâ dans sa *Louzoûmyyat*, viens à moi, afin d'apprendre les avis des intelligences pures! »

Et Hibat Allah s'était laissé guider par cette invitation, persuadé qu'il allait acquérir un peu de science au contact de cet homme qui se vantait d'être le dépositaire de la vérité. Il écrivit donc au poète pour lui dire : « Je viens à toi, mon entendement et ma foi sont souffrants, guéris-moi ! » Il semble qu'Aboû'l-'Alâ ait été quelque peu surpris de ce résultat inattendu et aussi embarrassé de répondre. Sa correspondance ne répond pas à ce que l'on était autorisé à attendre de lui. C'est ce qui fait dire spirituellement à M. Margoliouth qu'il justifia cet aphorisme du Prophète : « Les poètes disent ce qu'ils ne font pas. »

Aboû'l 'Alâ commence par expliquer tant bien que mal le motif de son offre; il fait de savantes citations, parle d'un ton sentencieux, donne des lieux communs comme arguments et invoque des raisons personnelles peu compatibles avec les hautes conceptions d'un philosophe, le tout parsemé de citations blasphématoires tirées des écrits des Arabes et dont il paraît indigné ; mais sous son indignation perce l'ironie et notre poète apparaît plus que jamais pessimiste et impuissant.

Hibat Allah fait meilleure figure. Il est naïf jusqu'au bout. Al-Ma'arrî lui apparaît non comme un libre-penseur, mais comme le plus grand érudit du siècle. Persuadé que la conduite du poète-philosophe est le résultat d'une profonde spéculation, il a l'air d'un disciple soumis, d'un fervent admirateur. Soupçonnant la détresse passagère de son correspondant, il lui offre d'écrire au « Diadème des Princes » pour lui faire obtenir une augmentation de pension. On suppose que le personnage désigné sous cette épithète n'était autre que le vizir Sadakat ibn Yoûsouf al-Fallâhî, surnommé aussi Fakhr al-Moulk, la gloire de la royauté, qui mourut en 440, après avoir été vizir du khalife fatimite Al-Moustansir, de 436 à 439. Sadakat offrit au poète de le présenter à la cour d'un ancien gouverneur d'Alep ; mais Aboû'l-'Alâ avait assez fréquenté les cours poétiques, il pensa que son génie pouvait y provoquer des envieux. Il refusa donc courtoisement cette offre et resta dans sa province.

La correspondance d'Aboû'l-'Alâ et de Hibat Allah a été conservée par un certain Ibn al-Habbâryyat dont Yâkoût a recueilli les notes dans son *Dictionnaire des littérateurs*. Dans son introduction, cet écrivain nous représente le poète comme un être odieux, impie, à qui toutes les joies de la vie céleste seront refusées, un auteur « si vaniteux de ses mérites, qui a des prétentions si longues et si hardies, qui vante et exalte tant sa sagesse... » Il le traite volontiers de lunatique et d'idiot; mais comme il lui est pénible de voir cet impie en bonnes relations d'amitié avec un personnage aussi respectable que le Chef des missionnaires en Egypte, Hibat Allah, il donne à cet échange de vues philosophiques une issue inattendue, fâcheuse pour le poète, mais que nous savons n'être qu'un produit de son imagination.

Selon Yâkoût, Hibat Allah échangea de nombreuses lettres avec le poète jusqu'au moment où, n'y tenant plus, il donna l'ordre de le faire conduire à Alep, où on lui promit une forte somme d'argent, prise sur le trésor public, s'il voulait abjurer ses erreurs et revenir à l'Islâm. Aboû'l-'Alâ, ne voyant devant lui d'autre alternative que la conversion ou la mort, absorba du poison et mourut.

La morale à tirer de cette fin tragique est naturellement qu'il aurait mieux fait de rester tranquille, au lieu de faire étalage de son intelligence et de dénoncer les caprices du sort, tout comme quelqu'un qui ne se soucierait nullement de la sollicitude de son Créateur.

Ces réflexions, postérieures de plus de deux siècles à la mort d'Al-Ma'arrî, montrent combien était vive l'animosité qu'avaient provoquée chez certains esprits étroits et bornés les idées libérales du poète. Le récit de Yâkoût est invraisemblable, d'abord parce que Hibat Allah vivait au Caire et non à Alep, et que, s'il avait eu le pouvoir de faire arrêter Aboû'l-'Alâ, il l'aurait fait conduire en Egypte et non dans une ville comme Alep qui échappait totalement à son influence. Ensuite l'examen de la correspondance de ces deux hommes n'autorise en rien ces conclusions : Aboû'l-'Alâ y est plus orthodoxe qu'Aboû Nasr, et celui-ci ne cesse pas de lui témoigner une grande déférence. Mais d'ailleurs, point n'est besoin de discuter ce récit fantaisiste : les circonstances historiques de la mort du poète nous sont connues. Aboû'l-'Alâ al-Ma'arrî vécut encore onze ans après que Hibat Allah eut cessé de lui écrire. Il mourut à Ma'arrat an-No'mân en rabî' 1er de l'année 449 de l'hégire, à un âge très avancé, assez voisin de soixante-quinze ans, après une maladie de trois jours. Ce fut un deuil public dans la petite ville de Ma'arrat, dont il était le patriarche vénéré. On lui fit de touchantes funérailles et les littérateurs figurèrent en grand nombre parmi la foule qui se pressa derrière sa bière.

Pendant bien des années, son tombeau fut le but de pieux pèlerinages ; l'historien Dhababî nous cite quelques-uns des voyageurs qui profitèrent de leur passage à Ma'arrat pour visiter le tertre où reposait ce libre-penseur. Les luttes que les défenseurs de Ma'arrat eurent à soutenir, un quart de siècle après, contre les Croisés, et qui se terminèrent par la reddition de la ville, ne bouleversèrent pas les cendres d'Aboû'l-'Alâ. Elles reposèrent là bien longtemps encore pour témoigner de l'estime et du respect que la Syrie professait pour son poète national.

Les voyageurs modernes ont essayé en vain de retrouver ce tombeau.

« *On avait vanté ses articulations, même après sa mort,*
« *Mais lorsque le temps se fut prolongé, elles devinrent des atomes de poussière!* »

A présent que nous avons exposé brièvement les principaux faits de la vie d'Aboû'l-'Alâ al-Ma'arrî, il nous est permis de jeter un regard d'ensemble sur son œuvre.

Aboû'l-'Alâ ne fut pas un de ces producteurs féconds dont l'histoire littéraire des Arabes nous fournit tant d'exemples. Il est vrai que nous ne possédons pas toutes ses œuvres, dont Dhahabî nous donne une assez longue liste. Quelques opuscules de peu d'importance ne nous sont pas parvenus; mais dans les deux *diwans* que nous possédons, nous trouvons des poésies faites à tout âge, depuis sa jeunesse jusqu'à sa mort. C'est donc là, semble-t-il, l'ensemble de ses productions poétiques.

Le premier recueil est le *Saḳt az-Zand*, « l'étincelle du briquet », qui contient ses poésies de jeunesse, jusqu'à son voyage de Bagdâdh. Ce livre eut en Orient une popularité incroyable. Tabrîzî, attiré à Ma'arrat par le désir d'entrer en relation avec l'auteur de ce diwan, lui demanda de le lui commenter. Al-Ma'arrî fit donc un commentaire qu'il dicta à Tabrîzî et qu'il intitula *Dhoû'as-Sakt*, « la lueur de l'étincelle ». Plus tard, Tabrîzî, trouvant ce commentaire insuffisant pour une œuvre d'aussi grande envergure, en fit un autre qu'il fit précéder d'une biographie du poète. C'est ce commentaire qui fut publié sous le titre de *Tanouîr*, à Boulâk, en 1286 de l'hégire. Les bibliothèques de l'Europe possèdent de nombreuses copies du diwan et de son commentaire, et quelques parties en ont été publiées ou traduites.

L'estime en laquelle on tenait le *Sakt az-Zand* est vraiment méritée ; on y trouve de très beaux vers, qui peuvent rivaliser avec ceux de Motanebbi, le plus illustre poète de la génération précédente, et d'Aboû'l-'Atâyâ, le poète de cour des 'Abbâsides. Les sujets y sont peu variés : ce sont, pour la plupart, des panégyriques à l'adresse de personnages dont Al-Ma'arrï avait quelques raisons de louer la générosité et les vertus magnanimes. On n'y voit que de loin en loin percer ces pointes philosophiques qui formeront le fonds du second diwan.

La *Louzoûmyyat* contient les poésies d'Aboû'l-'Alâ après son retour de Bagdâdh. Ce livre est encore appelé *Louzoûm ma la ialzam* « la nécessité de ce qui n'est pas nécessaire ». La raison de ce titre étrange est dans le mode de versification adopté par le poète. Chaque vers se termine par une double rime, c'est-à-dire que la rime porte sur les deux dernières syllabes de chaque vers, ce qui augmente considérablement la difficulté de la versification, difficulté déjà assez grande si l'on s'en tient aux seules règles de la prosodie arabe. C'est donc un véritable tour de force, et les Arabes, qui attachent beaucoup plus de prix à la forme du vers qu'aux pensées qu'il renferme, admirèrent surtout cette nouvelle combinaison.

La *Louzoûmyyat*, qui fut composée à intervalles espacés pendant la seconde période de la vie d'Al-Ma'arrî, contient des réflexions pessimistes et ascétiques, des pensées sur la mort, les caprices du sort, l'instabilité de la fortune, sujets souvent traités par les poètes arabes et sur lesquels Aboû'l-'Atayâ nous avait déjà donné une bonne partie de son diwan. Outre ces pensées, Aboû'l-'Alâ expose ses opinions particulières sur quelques sujets, tels que le végétarianisme et la doctrine de l'anéantissement. Nous en parlerons plus loin. Enfin les bons Musulmans ont reproché à la *Louzoûmyyat* les passages irrévérencieux pour la religion et ses ministres, et qui sont l'expression vivante du caractère gouailleur d'Al-Ma'arrî, car il tourne en ridicule les Juifs et les Chrétiens aussi bien que ses coreligionnaires.

Le troisième ouvrage d'Al-Ma'arrî qui nous soit parvenu est son recueil de lettres; mais il semble que nous n'en possédons qu'une petite partie, car, au dire de Dhahabî, sa collection renfermait rien moins de 16.000 pages. Aboû'l-'Alâ était un grand épistolier. Pour lui, la rédaction d'une lettre, même à un proche parent, était un acte littéraire; il y mettait tout son esprit, dont les ressources, il faut l'avouer, paraissent avoir été inépuisables. La fortune de ces lettres a été si grande en Orient que, de nos jours encore, elles sont lues et commentées à l'égal de celles d'Al-Hamadânî.

Le recueil de lettres, publié par le professeur D. S. Margoliouth, d'après le manuscrit de Leyde, est beaucoup moins volumineux, mais il suffit cependant à nous présenter un tableau charmant de la vie littéraire des Arabes à cette époque, et aussi à nous montrer qu'Aboû'l-'Alâ était aussi bon prosateur que poète habile. Dans les extraits qui suivront cette étude, nous donnerons quelques-unes de ces lettres, qui seront le meilleur commentaire des pensées contenues dans les fragments que, pour nous borner, nous avons dû choisir dans cette gerbe inépuisable qu'est la *Louzoûmyyat*.

Les œuvres d'Aboû'l-'Alà n'ont pas eu en Europe une fortune égale à celle dont elles ont joui en Orient. Révélées dès le XVIIe siècle par Golius, qui en publia quelques extraits dans la grammaire d'Erpenius, elles passèrent inaperçues. Il fallut que le patriarche de l'orientalisme moderne, l'illustre Silvestre de Sacy, admît les vers de l'aveugle de Ma'arrat au milieu de la gerbe poétique de sa chrestomathie, pour que l'attention fût de nouveau attirée sur cette période de l'histoire poétique de la Syrie. Peu de temps après, en 1827, Vullers publia deux poèmes inédits d'Aboû'l-'Alà, suivis bientôt de la thèse remarquable de Rieu sur le poète et son œuvre.

Mais jusqu'alors on ne connaissait de lui que le *Sakt az-zand*. Von Kremer fut le premier à révéler la *Louzoûmyyat*. L'importance de ces distiques pessimistes pour l'histoire de l'évolution philosophique des idées en Orient ne lui échappa pas. Il en fit le sujet d'études répétées dans le journal de la Société asiatique allemande, et c'est de lui que datent toutes les tentatives entreprises depuis pour faire connaître ce poète étrange.

Pour faire mieux sentir le lyrisme sous lequel se présentent ces réflexions philosophiques brèves, sèches, parfois mordantes, il les traduisit en vers allemands, imitant en cela un autre poète qui, de l'autre côté de la Manche, avait senti tout le parti à tirer de la vieille littérature orientale, en révélant aux amateurs d'exotisme, qui ne devaient le comprendre que longtemps plus tard, le trésor de rêves avortés, de désenchantements et de mélancolie amère que recouvre le rire du vieux poète persan Omar Khayyâm.

Les quatrains de von Kremer, aussi bien que la savante dissertation de Rieu, étaient depuis longtemps oubliés, lorsqu'en 1898, Margoliouth publia, en les accompagnant d'une traduction et d'une longue introduction historique, les lettres d'Aboû'l-'Alâ conservées dans le manuscrit de Leyde. Aussi cette publication fut-elle un véritable événement littéraire, qui ne dépassa pas cependant les étroites limites entre lesquelles s'agite le monde des orientalistes.

La traduction de la correspondance du poète avec Hibat Allah sur le végétarianisme, publiée quatre ans après par le même arabisant, ne fut connue que du petit nombre des lecteurs du journal asiatique anglais. Aboû'l-'Alâ n'a pas encore trouvé son Fitz-Gérald. Le grand public européen ignore encore que, dans un village perdu de la Syrie du Nord, un grand penseur a vécu, il y a neuf siècles, en dépit du fanatisme de ses contemporains, dans la plus parfaite indépendance d'idées et d'action que les peuples modernes aient pu espérer des grandes révolutions philosophiques dans lesquelles les vieux systèmes religieux ont sombré.

Si nous avons évoqué le souvenir de Fitz-Gérald à propos de la tentative, faite par von Kremer, de restitution versifiée de l'œuvre d'Aboû'l-'Alâ, ce n'est pas que celle-ci ait quoi que ce soit de commun avec celle d'Omar-Khayyâm. Les quatrains d'Aboû'l-'Alâ sont le résultat de spéculations philosophiques autrement puissantes que celles du poète persan. L'impression qui se dégage de la lecture de ces distiques, je dirais presque de ces formules sentencieuses, est celle d'un esprit fortement constitué, habitué par atavisme à parler des choses saintes avec irrévérence, poussé par le raisonnement à critiquer tout ce que font ses contemporains. Et c'est précisément ce qui donne le plus d'intensité à la note mélancolique que bien des poètes avant lui avaient déjà fait vibrer. Là où nous voudrions trouver la gaieté du libertin, nous n'entendons que le rire amer et sarcastique du philosophe austère. Car il est austère de mœurs ; tout le prouve, sa vie de privations, sa passion pour l'étude et pour l'enseignement, son zèle à censurer les mœurs d'autrui.

Et cependant il chante les bienfaits du vin.

Ce poète, qui n'est pas un libertin, ne craint pas de vanter les mérites de la liqueur brune « al-Koumeît », interdite aux dévots. C'est justement cette interdiction qui lui pèse ; il est avant tout libre-penseur et ne manque aucune occasion de s'affranchir du joug religieux. C'est aussi dans le vin que les mystiques persans vont chercher de nouvelles forces pour combattre l'orthodoxie. L'ivrognerie, pour Omar Khayyâm, c'est la liberté.

« Les chansons à boire de l'Europe, dit quelque part James Darmesteter, ne sont que des chansons d'ivrogne, celles de la Perse sont un chant de révolte contre le Coran, contre les bigots, contre l'oppression de la nature et de la raison par la loi religieuse. L'homme qui boit est pour le poète le symbole de l'homme émancipé ; pour le mystique le vin est plus encore, c'est le symbole de l'ivresse divine. »

Ne cherchons pas plus loin pour trouver la raison des éloges prodigués par Al-Ma'arrî à la liqueur qu'il avait dû goûter pendant son séjour à Bagdâdh, car les bords du Tigre paraissent avoir eu le privilège de fournir des vignes généreuses. Les collines de Katrabboul et de Mouhawwal, les coteaux de la verte Âna, étaient autant de lieux célèbres pour leurs vins, et même au début de l'islamisme les poètes ne se faisaient pas faute de tenir leurs assises chez certains cabaretiers qui leur servaient cette boisson enivrante, tel cet Ibn Râmîn, dont nous parle l'*Aganî*, et qui tenait un cabaret sur la route de Koûfa. On se réunissait chez lui de très loin pour entendre des chanteuses en buvant du vin. C'est là que Djamîl fit la connaissance de la fameuse Bouthaîna, que Roûh, fils de Hâtim, se consuma d'amour pour Sallâma aux yeux bleus...

Les couvents nestoriens, que l'on rencontrait à chaque pas dans les vallées du Tigre et de l'Euphrate, étaient autant de greniers où l'on emmagasinait les jarres de vin que les bons moines tiraient des vignobles qu'ils entretenaient. Témoin ce Moubarak, fils de Mounkidh, dont les vers pourraient rivaliser avec ceux d'Omar Khayyâm :

Lorsque je suis descendu au couvent, j'ai dit à mon compagnon :
Lève-toi, et demande la liqueur vermeille à son frère portier !
Alors il vint, ayant dans sa dextre une coupe ;
J'ai cru qu'elle avait dérobé sa flamme à la lanterne...
On aurait dit que le contenu de sa coupe sortait de sa joue rubiconde
Et que ce qui enflammait sa joue venait de sa coupe,
Que la douceur de son goût provenait de sa salive
Et que son parfum était les effluves de son haleine !
Je n'ai jamais oublié la nuit où je l'ai bue en écoutant chanter mon compagnon,
Lorsqu'il passa la nuit à la dévoiler en présence de ses compagnons assis.

Il se tenait debout pour nous verser du vin,
Et toutes les fois que je lui en faisais des reproches, il répondait par un simple hochement de tête.

Les éloges qu'Al-Ma'arrî, habitué à des fréquentations de buveurs, prodigue à la liqueur vermeille sont moins sensuels, plus académiques. Chez lui, tout est calcul, point de passion, une philosophie maussade, mais implacable.

Nous avons ri! Quelle imprudence de notre part!
Les habitants de la Terre ne doivent-ils pas pleurer?
Les revirements du temps nous briseront comme du verre,
Mais du verre que l'on ne pourra pas refondre!

Aboû'l-'Alâ ne rit pas, lui, si ce n'est pour se moquer des hommes. L'idée de la mort ne le quitte pas un instant; elle reparaît dans chacun de ses quatrains, et c'est là la pensée dominante qui se dégage de son œuvre.

Il a usé sa jeunesse à fréquenter les hommes et il en a gardé un bien mauvais souvenir, puisqu'il se réjouit de sa cécité qui lui a permis de ne pas voir l'humanité.

Déshérité de la nature, l'amour ne lui a jamais souri; il n'en connaît pas les accents. Célibataire endurci, il professe des théories qui en font un précurseur du Malthusianisme. Donner la vie à un être est un crime, puisque c'est déverser sur la face de la terre un misérable de plus, qui sera en butte à toutes les injustices du sort, qui sera le jouet du destin et devra se résigner à choisir entre le rôle de tyran et celui de victime. Fidèle à son vœu de célibat, il ordonne de graver sur sa tombe :

> *Voici la faute dont mon père s'est rendu coupable contre moi. Quant à moi, je n'ai jamais offensé personne.*

Philosophe désabusé, il n'aspire plus qu'à disparaître dans le néant. Il n'espère même pas la consolation qu'apporte la religion aux déshérités. Profondément antireligieux, il ne croit à rien de ce qu'enseigne l'Eglise. Il n'a aucun respect pour les prophètes, raille aussi bien les Musulmans que les Chrétiens et les Juifs, n'ajoute même aucune foi au dogme de la transmigration des âmes. Pour lui, son apparition sur terre est un simple accident, qui doit aboutir à l'anéantissement final. Et l'anéantissement chez lui n'est pas une émanation de la doctrine soufique de l'absorption en la divinité. Bien qu'il reconnaisse et cherche à prouver l'existence d'un Dieu, il est aussi peu mystique qu'on peut l'être. Matérialiste pur, il paraît n'avoir pas connu le soufisme.

Dès lors, il n'est plus difficile de faire la synthèse de cette intelligence. L'atavisme chez lui tient certainement une grande place, l'éducation est encore beaucoup, mais la réflexion est presque tout, et la réflexion est une résultante de l'accident qui, tout enfant, lui a ravi le jour qu'il n'avait fait qu'entrevoir, lui a laissé le souvenir d'un monde imparfait et inachevé, et l'a mis aux prises avec des difficultés matérielles qui ont hérissé d'obstacles une existence sans but, avec la perspective du gouffre sans fond qu'est la mort.

Pris de vertige, il n'y veut pas penser et préfère s'endormir dans une nuit éternelle...

Psychologie d'aveugle...

Un étrange problème se pose à quiconque cherche à pénétrer plus avant dans cette âme complexe. Où devons-nous chercher l'origine de sa théorie végétarienne?

On sait qu'Aboû'l-'Alâ Al-Ma'arrî fut, quarante-cinq ans durant, un fervent végétarien. Si cette doctrine n'est qu'effleurée dans ses poésies, elle est développée tout au long dans sa correspondance avec Hibat Allah.

Depuis son retour de Bagdâdh jusqu'à sa mort, il s'abstint de manger quoi que ce fût provenant de la chair des animaux :

Ne mangez pas injustement ce que l'eau produit,
Et ne mangez pas la viande des bêtes tuées récemment.

Pour lui, laisser voler une mouche est un acte plus méritoire que de donner un dirhem à un mendiant.

Les biographes d'Aboû'l-'Alâ ont qualifié cette théorie de Brahminisme : c'est un terme inexact, car il serait plus juste de la rapprocher des doctrines djaïnistes, comme l'ont fait les auteurs modernes. On a fait remarquer avec juste raison que le poète avait bien pu s'initier à ces doctrines pendant son séjour à Bagdâdh.

La date à laquelle il commença à s'abstenir de viande coïncide en effet avec son retour de Bagdâdh. Or, on sait qu'Aboû'l-'Alâ, pendant le court séjour qu'il fit dans la ville des khalifes, fréquenta de nombreux cercles littéraires et philosophiques. Il assista, entre autres, aux réunions d'une Académie fondée par 'Abd as Salâm de Basra, qui réunissait chez lui des savants de toutes les sectes de l'Islam, les engageant à discuter entre eux. On y voyait des orthodoxes, des Mo'tazélites, des Ach'arites, peut-être des Soûfis. Il est bien possible qu'Aboû'l-'Alâ, ayant entendu parler dans ce milieu des doctrines djaïnistes, ait éprouvé le désir de les connaître à fond.

Or cette religion avait certainement des représentants à Bagdâdh, ville cosmopolite, où les doctrines schi'ites étaient prépondérantes, où les sectateurs de Zoroastre pratiquaient ouvertement leur religion, où des voyageurs arrivés chaque jour des côtes de l'Inde sur les bateaux marchands qui remontaient le Tigre, apportant aux bazars du quartier de Karkh des épices, du thé, du sucre, et les mille produits de l'Asie orientale, envahissaient lentement les caravansérails de la vieille ville, conservant leurs rites et leurs croyances, seuls liens qui les rattachaient au sol lointain qu'ils avaient quitté par delà les mers.

Bagdâdh était un foyer où s'entre-choquaient les sectes et les religions, où l'on discutait contradictoirement dans les mosquées, dans les collèges, sur les places, dans les rues, partout où il y avait foule, jusqu'au jour où, l'effervescence étant parvenue à son paroxysme, chaque parti prenait les armes et fondait sur l'adversaire, et tandis que les orthodoxes enfonçaient les boutiques des cabaretiers et éventraient les outres gonflées de vin, les Schi'ites pénétraient dans les mosquées sunnites, brisaient les chaires des prédicateurs et profanaient les sanctuaires.

Quoi d'étonnant qu'au milieu de ce chaos de croyances si divergentes le Djaïnisme se soit fait jour, colporté par les milliers de caravanes qui sillonnaient le plateau iranien ?

Le Djaïnisme est considéré comme une secte bouddhique détachée de l'église après la mort de son fondateur.

Lassen, qui a étudié particulièrement cette doctrine, relève, à l'appui de son origine bouddhique, quatre charges principales. Il fait remarquer que les Djaïnas décernent à leurs maîtres les titres en usage chez les bouddhistes, que les deux religions adressent à des mortels un culte divin et leur érigent des statues, que les Djaïnas, aussi bien que les Bouddhistes comptent le temps par périodes énormes, renchérissant encore sur le Brahmanisme, enfin qu'ils interdisent avec une égale rigueur de faire le mal.

Sur ce point, il est vrai, les Djaïnas dépassent de beaucoup les Bouddhistes et prescrivent à toute l'humanité ce que le Bouddhisme ordonnait aux seuls ascètes. Le Djaïna doit observer rigoureusement cinq vœux qu'il prononce en entrant dans la vie religieuse. Ne faites pas de mal ; dites la vérité ; ne dérobez pas ; soyez chastes ; n'acceptez rien en don. Le Djaïna ne doit pas seulement s'abstenir de faire souffrir les êtres vivants, il leur doit encore aide et protection : il doit filtrer l'eau qui lui servira de boisson, porter un voile sur sa bouche pour préserver d'accidents les animalcules de l'air, essuyer le siège où il va s'asseoir, s'assurer, avant de poser le pied quelque part, qu'il n'écrasera pas quelque insecte. Ce sont les Djaïnas qui construisirent à Surate cet hôpital d'animaux qui causa tant d'étonnement aux premiers navigateurs portugais.

Au point de vue métaphysique, cette religion diffère peu du Bouddhisme. Comme lui, elle est athée. Les dieux, en plus grand nombre que ceux du Bouddhisme, ne sont pas des dieux au vrai sens du mot, mais des êtres qui jouissent d'une situation exceptionnelle, acquise par des mérites accumulés, provision qui s'épuisera, replongeant ces êtres dans une condition ordinaire.

La base du dogme est la transmigration. La vie n'est pas un accident, mais la suite logique d'une série infinie d'existences et le commencement d'une nouvelle série également infinie. Les spéculations métaphysiques sont fondées sur une méthode spéciale appelée Syadvada, système du *peut-être*, qui considère tout prédicat comme l'expression d'une simple possibilité, ce qui permet d'affirmer et de nier en même temps l'existence d'une même chose.

Enfin la foi consiste à chercher un refuge dans celui qui a découvert et enseigné la voie de l'émancipation et conquis la vérité, c'est le Djina. Le premier Djina auquel les Djaïnistes font remonter leur religion est Mahâvîra, qui paraît avoir vécu au VIe siècle avant Jésus-Christ. C'est de sa mort, en 526 dit-on, que les Djaïnas font partir leur ère.

Cette religion est donc au fond une forme altérée du Brahmanisme avec des divergences philosophiques, mais les Djaïnas ont toujours fait une active propagande et célébré comme une victoire la moindre conversion à leur secte. Ils prétendent que l'empereur mongol Akhbar se convertit au Djaïnisme. Il n'est pas impossible que quelques Djaïnistes égarés à Bagdâdh aient réussi à propager autour d'eux la bonne semence.

Nous n'avons donné ces éclaircissements sur la doctrine des Djaïnas que pour montrer combien paraît fondée l'opinion qui tend à attribuer une origine indienne à quelques-unes des idées particulières à Aboû'l-'Alâ. Si l'on remarque qu'outre la pratique du végétarianisme, il crut à l'extinction après la mort et approuva la pratique indienne de la crémation, on sera tout au moins frappé de ces coïncidences sans remarquer de divergences irréductibles.

Bien loin vers l'Orient, tout au bout de la Perse, un demi-siècle plus tard, l'astronome Omar Khayyâm parcourt les solitudes de l'Iran, les derniers contreforts de l'Hindou-Kouch jusqu'au Démavend, en criant :

A quoi bon la venue ? A quoi bon le départ ?
Où donc est la chaîne de la trame de notre vie ?
Que de corps délicats le monde brise !
Où donc est partie leur fumée ?

Celui-là aussi est un désabusé, un philosophe qui a voulu reculer les bornes de la science en sondant l'insondable mathématique, et qui en est revenu, lui aussi, pris de vertige, devant le vide qui s'ouvrait devant lui. Comme Aboû'l-'Alâ, il se révolte contre l'inexorable destin qui s'acharne à détruire tout ce qui fut grand, bon et beau. Mais au moins, il peut jouir de la vie, il peut chercher l'ivresse et l'oubli dans l'amour, le vin et les roses. Cette ultime consolation est refusée à Aboû'l-'Alâ : il n'entend, dans la nuit qui l'environne, que l'implacable « marche, marche toujours! » de l'injuste destin.

On a voulu établir quelque relation entre ces deux esprits. On a même poussé plus loin dans le rapprochement, en voulant faire d'Omar un imitateur, presque un plagiaire d'Al-Ma'arrî. On a prétendu que les *Rouba'yât* avaient emprunté leur forme et jusqu'à leurs idées aux quatrains du poète arabe. C'est une erreur profonde et nous ne saurions trop nous élever contre cette théorie.

La forme des Rouba'yât est bien persane et les idées le sont encore plus. Les joies que chante Omar Khayyâm, l'amour, le vin et les roses, nous sont représentées chez tous les poètes persans, Djâmi', Hâfiz, Sa'dî, même chez les mystiques. Le rire y est permanent et John Payne n'a pas dû se tromper lorsqu'il a reconnu en Khayyâm l'atavisme aryen en lutte avec les croyances sémitiques.

Chez Aboû'l-'Alâ, nous trouvons un sémite austère et grave, qui envisage l'avenir sous un aspect plus tragique, un philosophe didactique chez qui la passion de l'enseignement perce malgré tout, un libre-penseur qui devance son temps de deux siècles. Pourquoi faire du second l'inspirateur du premier ?

Khayyâm personnifie si bien le vieil Iran reprenant son esprit critique avec sa nationalité, après quelques siècles de domination étrangère ! Al-Ma'arrî représente si bien le froid dogmatisme des Sémites cherchant à prouver l'inanité de la vie mondaine ! Aboû'l-'Alâ n'est-il pas le Koheleth de l'Ecclésiaste, qui s'écrie :

J'ai condamné les ris de folie et j'ai dit à la joie :
Pourquoi nous trompez-vous si vainement ?...

. . . .

Ils ont tous été tirés de la terre
Et vers la terre ils retourneront tous.

Tout s'oppose au rapprochement, les idées morales, les croyances religieuses, la réalité historique... car n'oublions pas qu'Omar Khayyâm vivait seulement un demi-siècle après Al-Ma'arrî, à l'autre extrémité du monde musulman, où l'œuvre du poète syrien n'avait pu pénétrer encore, où elle ne pénétra probablement jamais.

La libre-pensée seule les rapproche, plante vivace qui pousse partout où on la sème, tellement l'esprit humain, en ses multiples aspects, se retrouve avec les mêmes aspirations, les mêmes doutes, les mêmes révoltes. L'attitude des contemporains à l'égard de ces deux poètes est le meilleur commentaire de leurs œuvres : les Persans, voulant rire et chanter avec Omar, en firent un mystique épris d'amour divin et d'ivresse extatique ; les Arabes froncèrent les sourcils en lisant les déclarations irréligieuses d'Aboû'l-'Alâ, mais ils lui pardonnèrent sa liberté en admirant son tempérament de poète et la facture incomparable de ses vers. Et tous deux purent vivre et mourir au milieu de l'estime et de l'admiration des hommes.

Cinq siècles plus tard, en 1546, sur la place Maubert, dans un des foyers de la civilisation occidentale, où le mouvement humaniste et artistique de la Renaissance venait de déchirer violemment le rideau qui voilait les formes attiques du beau, périssait sur le bûcher, aux applaudissements des foules, l'imprimeur Etienne Dolet, coupable d'irréligion et d'hérésie...

EXTRAITS DES POÈMES

D'ABOÛ'L-'ALÂ AL-MA'ARRÎ

EXTRAITS DES POÈMES

D'ABOÛ'L-'ALÂ AL-MA'ARRÎ

I

Ton entendement et ta foi sont-ils chancelants ?
Viens à moi, afin d'apprendre les avis des intelligences pures !

II

Les articulations de l'homme sont vantées après sa mort, mais lorsque le temps se sera prolongé, elles seront des atomes de poussière !

III

Nos âmes sont comme le vin, si on les emmagasine trop longtemps, il faut bien un jour qu'on les achète en gros.

IV

Ne cherche pas à obtenir quelque supériorité par tes propres efforts.
La fortune seule favorise l'élégant écrivain, dont la plume est aussi inefficace qu'un fuseau.
Deux étoiles portent le même nom de Simâk dans le ciel : c'est vrai que l'une porte une lance, mais l'autre est désarmée.

V

Les malheurs de ce monde sont nombreux et le moins pénible d'entre eux, pour l'homme intelligent, c'est le trépas.

C'est un malheur auquel aucune âme n'échappe et dont aucune caution ne garantit.

VI

Nous avons ri! Quelle imprudence de notre part!
Les habitants de la Terre ne doivent-ils pas pleurer?
Les revirements du temps nous briseront comme du verre,
Mais du verre que l'on ne pourra pas refondre!

VII

Quoi! Ils m'ont fait des reproches alors que j'étais vivant, puis une fois enterré, l'un d'entre eux s'est levé pour prononcer mon éloge funèbre. Quelle chose étonnante!
Nous sommes bien tous les mêmes, pauvres créatures humaines, qui nous trouvons

mourantes un beau soir : chacun de nous aime ce monde d'un amour exagéré !

VIII

Vos faces sont fauves et vos bouches hostiles,
vos foies noirs et vos yeux bleus,
Mais je n'ai de force ni pour la marche
ni pour le voyage nocturne,
Car je suis aveugle; aucun chemin ne brille
pour moi.
As-tu vu tes corbeaux noirs s'élever très
haut au matin, en présentant le flanc
droit, ou bien as-tu vu passer tes colombes
grises ?
Je me suis mis en route, mais je n'ai obtenu
ni monde ni religion,
Et quel a été mon retour, si ce n'est l'impru-
dence et la maladresse ?
Celui qui a prié et dont la Kibla *est à*
l'Orient, lorsqu'il offrira sincèrement sa

piété à son maître, ne diminuera pas ses dons.

Je vois l'animal terrestre craindre le trépas. Un coup de tonnerre l'effraye, un éclair le rend fou... Cependant, ô oiseau ! fie-toi donc à moi; ô gazelle ! ne crains donc pas que je te nuise en rien, car entre vous et moi, je ne vois pas de différence !

IX

Ne cache pas pour demain ni pour après-demain ta subsistance journalière,

Car chaque jour apporte avec lui son pain quotidien.

Au lieu de chercher à obtenir la moindre subsistance, amasse plutôt de bonnes actions.

Ce sera ta seule consolation au jour du jugement dernier.

Partage tes biens héréditaires comme tu l'entendras et sans te chagriner,

Aucune larme ne coulera pour toi lorsque tu seras dans la tombe.
Fais avec un autre que toi ce que tu aimerais qu'il te fît,
Et fais entendre aux hommes ce que tu veux qu'on te dise à toi-même.
Les hommes, pour la plupart, sont comme le loup: tu en fais ton compagnon, puis lorsqu'il a compris ta faiblesse, cela le rend avide.

X

Le cortège funéraire a gravi vers le champ du repos.
N'est-ce pas un moyen, pour le pied de l'aveugle, de ne pas trébucher ?
Ne t'étonnes-tu pas de voir ce vieillard impotent qui se tient debout, voûté et trébuchant de peur et de faiblesse ?
Il reste à la maison, loin de la prière, et il

traverse déserts et montagnes pour récolter une aumône.

XI

Avez-vous vu une bande de dissidents Karmates crier aux hommes : « Abandonnez les mosquées !
La puissance du destin berce l'un dans l'assoupissement, tandis qu'au même instant, l'autre s'éveille d'un profond sommeil.
L'influence exercée par la conjonction de deux planètes, disent-ils, défend ce que les conducteurs des peuples enseignèrent jadis comme une prescription. »
Lorsque sera révélé l'ordre céleste, la lance du héros armé de pied en cap vibrera vainement.
S'il est vrai que l'Islam a souvent souffert sous les coups du destin, aucun n'est comparable à celui qui l'atteint à présent.
S'ils ont rendu un culte à Saturne, j'honore,

moi, quelqu'un devant qui Saturne s'incline humblement.

XII

Je suis sincère avec toi, camarade, il n'y a pas d'argent chez moi, mais les convives et les pique-assiettes ont augmenté,
Des familiers qui ont dans leurs mains des bâtons,
Des gens qui ont dans leurs mains des sabres,
Des dirhems purs, mais dont les âmes, si on les dévoilait, révéleraient de fausses monnaies.
Il n'y a pas sur terre de source généreuse dont l'homme altéré de soif, fût-il même dégoûté, ne se réjouisse d'y descendre.

XIII

J'ai laissé le soin de mon sort au roi de la création,

Mais je n'ai pas demandé quand surviendra pour moi l'éclipse.
Combien d'ignares ont échappé au trépas;
Et combien de philosophes seront pressés par la mort ?

XIV

Ils ont conversé en se mettant en route le matin, et ils ont dit : Quel malheur a fait tomber la pluie sur la terre ?
Peut-être que des hommes de mauvais augure ont regardé furtivement un jour qui allait se coucher sans qu'aucune part ne leur soit réservée.
Parfois l'on échappe à une terre de stérilité, tandis qu'un séjour fertile laisse périr ses habitants.

XV

Le désert est peuplé de brigands qui enlèvent les chameaux lâchés au pâturage ;

Les mosquées et les soûks sont aussi peuplés
de brigands.
Mais tandis que ceux-ci sont appelés notaires
et commerçants, les premiers sont flétris
sous le nom méprisant de bédouins.

XVI

Si vous avez bien mangé et beaucoup dépensé,
vous pouvez être certain qu'un lieutenant
de police ne viendra pas vous déranger.
Lorsque vous serez seul à diriger vos affaires,
ne les confiez pas aux mains des hommes !

XVII

L'âme n'a pas cessé de jouir de la plus par-
faite quiétude jusqu'au moment où, en
vertu d'un ordre divin, elle est venue
s'établir dans le corps.
Maintenant tous deux sont de poussière fine

et plus misérable encore, mais, ne craignez rien, la haine et l'envie ne vous laisseront pas solitaire !

XVIII

Combien la vie serait douce auprès des siens si elle ne cessait jamais,
Et si le temps était un éternel recommencement sans anéantissement,
Ou une jeunesse sans déclin !
Quel refuge sûr offre cette terre vers laquelle notre descente s'achemine !

XIX

Quand je périrai, ô mes amis, il me faudra absolument disparaître de ce monde,
Tout ce qui vit sur la terre est misérable : l'esclave, en effet, ne possède rien !

XX

Nos corps retourneront à la terre ; nous reviendrons au principe d'où nous sommes issus.
Un pieux ascète viendra lire la loi sur nous et nous croisera les bras à l'extérieur du linceul.

XXI

Tâche de comprendre le langage des jours, car ils s'expriment clairement.
Leur revirement n'a jamais cessé d'être proverbial.
Tu n'as jamais rien trouvé d'étonnant, dans ta vie, qui ne soit une image du passé.

XXII

Celui-ci a poursuivi la satisfaction de ses appétits, puis il est monté en haut d'une chaire pour décrire le jugement dernier

devant une foule, dans le seul but de l'effrayer;
Il n'ajoute pas foi au jour du jugement ni à ses tourments, mais le soir il les dépeint, jetant le trouble dans les âmes.
Je trouve, moi, que la nuit de l'égarement enveloppe les jeunes gens, les vieillards, les jouvenceaux et les hommes mûrs.
Si les morts de cette province d'Al-'Awâcîm s'étaient dressés subitement, tu les aurais vus s'entasser et couvrir tout le pays, les monts et les plaines.
Contente-toi donc de ce qu'a dit l'homme sensé et tâche d'en vivre, et laisse ceux qui croupissent dans l'erreur, le menteur et l'ignare.

XXIII

Vos bouches ont crié la profession de foi musulmane, alors que vos cœurs et vos âmes n'ont pour le droit qu'un mouvement hostile.

Je jure que votre Thora (à vous autres Juifs) n'enseigne pas la sagesse si le vin n'y a pas été déclaré licite.

N'ajoutez pas foi à la foudre qui sillonne les nuages, car ce ne sont que les sabres tirés du fourreau du destin.

Le sage, après mûre réflexion, s'écrie : Celui qui apprendra la vérité maîtrisera l'étalon récalcitrant, quelque résistance qu'il oppose.

Les Hanéfites et les Chrétiens ne sont pas parvenus à la vérité ; les Juifs ont trébuché et les Mages ont persévéré dans l'erreur.

Les habitants de la terre se divisent en deux catégories : les uns, doués d'intelligence, mais sans religion ; les autres religieux, mais dénués d'intelligence.

XXIV

Vous nous avez dit : Un créateur sage

Nous avons répondu : Vous avez dit vrai. Ainsi disons-nous.

Vous l'avez pensé : Sans limite dans l'espace ni dans le temps.
N'est-ce pas ainsi ? Alors, dites-nous !
Ceci, en réalité, est une affirmation pleine de sous-entendus.
Les voici : Nous sommes dépourvus de raison !

XXV

Si tu as associé à ton épouse une seconde femme,
Tu as tout simplement péché contre le bon sens.
Si, en effet, on pouvait attendre quelque bien des compagnons,
L'Éternel n'aurait pas été sans associé.

XXVI

Sois homme de bien, en intention et en action, quand bien même les créatures ne te rendraient pas la pareille.

Du jour où tu as imploré leur générosité, tu es devenu leur adversaire.

Voudrais-tu même être honoré par eux, qu'ils te mépriseraient!

Combien de gens t'ont prêté secours, à qui tu n'avais rien demandé?

Et combien t'ont refusé l'assistance que tu leur demandais?

Vis donc pour toi-même, car les amis, pour la plupart, s'ils ne te noircissent pas un jour ou l'autre, ils ne t'embelliront certainement pas!

XXVII

Si ce qu'a dit Aristote dans l'antiquité, était vrai :

Que la mort soit un réveil, la sphère céleste serait trop étroite pour réunir tous ces êtres.

Mon opinion sur les créatures, c'est qu'elles sont des races comme la neige et le goudron : du blanc et du noir de jais.

Cham est noir, non pas à cause d'un péché qu'il a commis jadis,
Mais parce que le roi de la création a décidé d'avance la couleur naturelle des races.
S'il n'y avait pas d'humanité dans un ciel, au-dessus de nous,
Il n'y aurait pas d'ange sur la terre, ni dans ses profondeurs.
Combien de peuples ont résidé où maintenant notre race demeure,
Puis qui sont morts, suivant tous le même chemin ?
Interroge la raison : elle ne te donnera pas de nouvelles de nos ancêtres des commencements du monde, si ce n'est qu'ils ont péri !

XXVIII

L'homme est comme la pleine lune : après avoir brillé d'un vif éclat, ses lumières ont baissé, puis il a péri.

Les hommes sont encore comme la semence qui reste en épis jusqu'à ce qu'elle se flétrisse, car tant qu'elle n'a pas mûri, on ne l'écrase pas.
L'usure a été consommée, c'est vrai, mais elle procurera du profit;
Le musc, en effet, voit s'accroître son parfum lorsqu'il a été usé.

XXIX

S'il en est ce qu'a dit le Sage, je vis de toute éternité et je vivrai éternellement.
Tantôt partagé, tantôt réuni, je suivrai, dans leurs vicissitudes, le lotus et le palmier qui se dessèchent, puis refleurissent.
Je me suis montré avare de force vitale, d'une avarice insurmontable, et cependant l'avarice est certainement de la nature des hommes.
Le riche a désiré un fils pour avoir un héritier,

Si les pères étaient avisés, ils n'auraient pas d'enfants.

XXX

Il y a des gens qui prétendent que l'âme émigre d'un corps dans l'autre jusqu'à ce que ces transferts successifs l'aient purifiée.
N'accepte donc pas ce qu'ils t'annonceront avec incertitude, tant que l'intelligence n'aura pas confirmé leurs dires.
Ces corps ne sont pas comme des palmiers : si hauts qu'ils s'élèvent, ils ne sont que comme les plantes qui poussent dans les champs.
Vis donc à l'aise et comporte-toi avec circonspection, car, à trop le nettoyer, le sabre de l'Inde s'émousse.

XXXI

Les étoiles, dans les ténèbres, sont-elles mortes ou sensibles ?

Sont-elles dépourvues de sensibilité, ou bien l'intelligence et la raison s'élèvent-elles dans les vapeurs qui les environnent le matin et le soir ?

Les uns croient à la rétribution dans l'autre vie et tout ce qui s'ensuit.

Les autres disent : Vous êtes comme l'herbe qui croît dans les champs.

Voici donc mes dernières recommandations : Éloignez-vous de ce qui est laid, mais n'ayez pas d'aversion pour les belles actions.

Car j'ai éprouvé que la conscience tourmentait par ses reproches tous les pécheurs, le jour du départ.

Si nos âmes ont été rouillées dans nos corps, le jour vient peut-être où elles seront fourbies de nouveau.

XXXII

Que Dieu soit exalté ! Car il est bien instruit sur nous !

Les intelligences ont été contraintes au mensonge.

Nous parlons par métaphore, sachant très bien que les choses sont autrement que nous ne les dépeignons.

XXXIII

Si quiconque a commis de grands crimes les a faits par contrainte,

C'est une injuste tyrannie que de le châtier pour ce qu'il a fait.

Dieu, puisqu'il a créé les mines, sait bien que c'est d'elles que sont extraits les fers les plus blancs, que ces fers ont servi à répandre le sang, à des hommes qui sont montés sur des chevaux aux pieds ferrés et à la bouche pourvue de mors de fer.

Ne vas pas périr comme le papillon dans l'embrasement du cœur, car le souci est un incendie allumé dans la poitrine.

XXXIV

Si tu as voulu t'unir un jour avec une compagne, je te dirai que la meilleure des femmes de l'univers est celle qui est stérile.

La pleine lune guérit, même si elle est éprouvée par une maladie, mais les âmes incurables n'ont pas de maladies.

Nous avons des chemins vers la mort, dans tout l'Orient et l'Occident, dont le plus direct est le plus pénible à gravir.

Le monde est une demeure où chaque nouveau venu, d'entre les hommes, invite au départ celui qui lui a donné le jour.

XXXV

On dit qu'après nous viendront des siècles où l'on jouira d'un bonheur parfait, au point que les lions mêmes de la forêt seront muselés.

Arrière ! Arrière ! Parole mensongère !

Il y a, dans tout faucon, un être furieux d'appétit.

Tant que Mars ou Saturne brilleront dans le ciel, les vagues débordantes de l'iniquité ne cesseront pas de s'entre-heurter.

Car si, par l'effet d'un bonheur miraculeux, les sphères se trouvaient changées et retournées, le fortin de pierre pourrait être construit sur un abîme.

Donne à l'homme le présent le plus éloigné de ce qu'il espérait.

Celui qui invoque la mort n'a-t-il pas derrière lui un enfer ?

XXXVI

Le monde où tu vis ressemble au vin : l'extérieur en est agréable, mais le secret de son sein est ce que tu sais.

Le siècle s'est tu, mais ses événements ont traduit sa pensée, au point que j'ai cru qu'il parlait.

Dépense, afin d'obtenir ta subsistance, car la richesse est comme l'ongle : si on le délaisse, il se gâte et ne s'améliore que s'il est taillé souvent.

XXXVII

Celui-ci désire du bol d'Arménie, peut-être que ce remède repoussera de sa poitrine un destin brûlant ?
Non, son échéance est fixée d'avance : si elle arrive, la sorcellerie ne l'écartera pas, et si elle n'arrive pas, pourquoi en craindrait-il le breuvage ?

XXXVIII

Je vois la création en deux choses : passé et futur, et deux vases, celui du temps et celui du lieu.
Dès que nous avons posé une question au sujet du dessein de notre Dieu, on s'est servi

d'une métonymie pour donner une réponse satisfaisante.

XXXIX

La nature est une bien vieille chose que l'on ne connaît pas avec certitude,
Et l'habitude de l'homme est appelée sa seconde nature.
L'ami a fait pleurer celui qui s'éloignait de lui sur un ami intime, imposant ainsi aux hommes l'adoration d'une idole.

XL

Maintenant que ta jeunesse est passée, honore tes père et mère, la mère la première, en témoignage de vénération et de reconnaissance;
La grossesse est son lot, continuée par l'allaitement : deux bienfaits dont tout homme a été gratifié.

Crains les rois et montre-toi humble pour leur obéir, car la royauté est à la terre comme le jour pluvieux est au sol qu'il arrose.

S'ils pratiquent l'injustice, on en tire toujours un profit quelconque qui nous permet de vivre.

Combien t'ont défendu avec leurs fantassins et leurs cavaliers?

Les monarques de Perse ou ceux de Gassân se sont-ils autrefois abstenus de tyrannie et d'oppression?

Vois les chevaux; lorsqu'on les lâche, ils courraient à leur gré et s'échapperaient où bon leur semble s'ils n'étaient contenus par des mors et des brides qui les retiennent captifs.

XLI

Vous vous êtes montré injuste envers un autre que vous, puis il a été investi d'un pouvoir que l'on vous a ôté.

Vous avez méprisé l'évêque des Chrétiens, alors que les partisans du fils de Marie l'ont honoré.

Votre prophète vous a dit cependant : Dès que viendra le plus généreux des hommes, honorez-le !

Or, votre prédicateur ne reviendra pas avec haine vers ceux qu'il a abordés, puis qui l'ont raillé.

XLII

Je vois que, dans ma vie, le bien même est un malheur, car je suis impuissant à le pratiquer.

Lorsqu'une fois, il y a bien longtemps, j'ai voulu le rechercher, j'y ai renoncé, m'apercevant qu'il y avait une digue entre moi et lui.

La bonne fortune accorde encore au besogneux un délai pour l'échéance, lorsqu'il arrive au terme fixé pour sa perte,

Tandis que moi, je ne suis pas à l'étroit sur les degrés de la générosité,
Le poète Râdjiz atteindra-t-il jamais le poète Châ'ir?

XLIII

Un homme s'est approché d'une femme qu'il a prise en mariage, pour quelque chose :
C'est tout simplement un trafic pour créer un troisième individu.
Elle n'a pas cessé de prendre soin de son fardeau jusqu'au jour de l'accouchement, puis, son compte étant arrivé, elle a été rendue aux principes :
Tout être vivant a sa généalogie dans les quatre éléments.

XLIV

Quant à l'espace, il est fixe, sans être jamais roulé sur lui-même,

Mais le temps passe et n'est pas immobile.

Celui qui est dans l'erreur a bien dit : J'ai renversé quiconque s'opposait à moi!

Mais ses deux mains ont perdu la force par laquelle il l'avait renversé.

L'homme est en effet comme le feu qui a brûlé d'un vif éclat, puis a diminué et s'est éteint, tandis que celui qui est resté humble a joui du bonheur dans la vie.

Les événements de chaque jour sont comme les plantes que l'on donne en pâture aux bestiaux, puis qui repoussent et germent, lorsque le maître de la création l'ordonne.

Puisque la terre est la retraite dernière de l'homme, pourquoi sa mère passe-t-elle tant de nuits dans l'insomnie pour l'endormir et le veiller?

Si les rabbins vantent tant leur sabbat, l'homme sensé observera le sabbat chaque jour.

XLV

J'ai vu des réunions de gens qui s'étaient obstinés à acquérir une connaissance sûre de choses dont la certitude était tout à fait variable.

La longue suite des années les informèrent de leur égarement, et aussi leurs dimanches et leurs sabbats.

Tout cela n'est qu'un feu que l'on allume une fois, puis qui brûle avec intensité et dont l'orgueilleuse flamme s'éteint.

XLVI

La vertu a deux échelons selon les uns, et trois d'après les autres.

Dieu pardonnera d'abord au jour du jugement aux femmes qui auront lutté pour vivre de leurs fuseaux lorsque les revenus auront manqué,

Puis qui en auront tiré juste ce qu'il faut pour vivre :

La patience engraisse au temps de la maigreur.

Elles donnent généreusement leur fil, puis se pressent sous l'ardeur du soleil en se voilant avec le fil de la Vierge.

Elles distribuent au pauvre la bouchée de l'affamé, et ainsi leur bonheur éternel reste ferme comme Radwâ.

Certes, auprès du roi de l'univers, la vertu du moucheron est pesée avec celle de l'éléphant.

La graine de moutarde protège le pied du jeune homme contre une glissade : chaque jour est riche en accidents.

Crains le cri de détresse de l'opprimé, car dès qu'il monte vers le ciel, le châtiment est prêt à descendre.

L'émir a été destitué du pays; il n'emporte avec lui que la malédiction des pauvres de la région.

XLVII

Lorsque nous examinons les affaires, il nous apparaît comme évident que le prince des hommes n'est autre que leur serviteur.

L'homme qui est le moins tourmenté de souci et de chagrin, c'est celui à qui manquent également l'argent et l'intelligence.

Qu'est donc le monde, si ce n'est une station inutile, d'où l'un s'échappe tandis qu'un autre arrive?

Tu pleures sur celui qui vient de mourir, parce que c'est une perte récente, mais celui qui est mort avant lui est déjà oublié.

Si je m'étais choisi moi-même l'existence, c'est tourmenté de remords que je me serais mordu les doigts.

Cela te consolera de ce que celui qui serre fortement les subsistances, ouvre les mains, et de ce que celui qui a élevé l'édifice démolit.

XLVIII

Il y a peut-être, dans les sanctuaires des mosquées, des hommes qui seraient épouvantés que l'on découvre leurs lieux de débauches.

Si celui qui s'acquitte de ses devoirs religieux le fait par artifice, celui qui les néglige ostensiblement est certainement plus près de Dieu.

Le potier qui façonne la terre doit finalement retourner à son principe, à la terre si docile à modeler.

Peut-être même qu'on fera de lui un vase où quiconque le voudra boira et mangera;

Il sera transporté, le malheureux, d'un pays à l'autre : même réduit en poussière, il lui faudra donc encore se déplacer!

XLIX

Les lions seuls évitent les lieux où ils ont cou-

ché une nuit, parce qu'ils gîtent volontiers à l'ombre protectrice des roseaux.

L

Le châtiment a-t-il atteint les habitants de Yathrîb par la main des hommes?
Au contraire, les vaines apparences trompent comme toujours l'humanité.

LI

Ils ont combattu même les Mecquois, et ils ont lutté pour leur foi,
Alors que les rois marchaient encore en manteaux de laine, au lieu de vêtements de brocard.

LII

Il y avait là des coups qui chassaient le jeune aiglon de son nid

Et par suite desquels la cuirasse devenait une loque comme une robe à manches.

LIII

Si la bataille de Dhoû-Nadjab a réellement été ce qu'on a dit,
Il n'y a eu là qu'une réunion de héros magnanimes.

LIV

Qu'est-ce que la religion, sinon une jeune vierge aux seins arrondis
Que nous empêchent de connaître plus intimement un voile et une dot que nous ne pouvons payer?

LV

De toutes les belles paroles que j'entends, aucune ne peut me plaire,
Aussi longuement que prêchent les prédicateurs!

LVI

Les hommes vraiment doués de supériorité sont des étrangers dans leurs patries,
Leurs proches mêmes s'isolent et s'éloignent d'eux.

LVII

En effet, ils n'ont pas vidé la coupe de vin rouge dans une folle volupté,
Et n'ont pas goûté à des filles gracieuses au milieu des baisers.

LVIII

N'est-ce pas la honte de la vie pour celui qui se respecte
D'être obligé de s'accommoder d'une nourriture misérable qu'on lui fournit comme aumône?

LIX

Lorsque le feu de la jeunesse s'est éteint, ma gaieté a été empoisonnée,
Quand bien même on aurait dressé ma tente au milieu des étoiles.

LX

O jeunesse! Pour l'amour que tu m'as consacré, je te caresse et me conformerai en tout à ta volonté, si cela pouvait seulement retarder ton cours.

LXI

Il n'y a pas d'heureuse enfance après la quinzième année, et, passé la quarantaine, la consolation de l'amour est fermée pour toujours.

LXII

*Je t'en conjure! Ne te contente pas, comme vêtement, de l'*abâ *des paysans,*
Car si on apprenait ce que tu as tissé en silence, on te traiterait d'insensé.

LXIII

Il y a dans cette terre des lieux couverts de végétation;
*Or, parmi ces arbrisseaux, on trouve l'*alanda, *qui brûle en rayonnant, et le* kibâ *qui se consume sans bruit et sans flamme.*

LXIV

La corde de la descendance a établi une liaison entre Adam et moi,
Mais moi je n'ai uni mon masculin *avec aucun* féminin *(puisque j'ai toujours fui le mariage).*

LXV

Lorsque Khâlid a baîllé, 'Amr aussi a baîllé par contagion,
Mais heureusement le baîllement ne m'a pas atteint.

LXVI

La connaissance que j'ai de la créature m'a rendu exempt du désir de la posséder,
Je sais très bien que l'univers n'est qu'un atome de poussière.

LXVII

Comment ce qui a péri déjà une fois pourrait-il renaître
Après que les roseaux secs ont allumé les feux de l'incendie?

LXVIII

Lorsque la puissance du destin s'est manifestée, l'oiseau Katha lui-même n'a pu étendre les ailes pour prendre son essor, les filles chastes n'ont plus trouvé d'union conjugale.

LXIX

O temps! Quel vêtement neuf n'as-tu pas usé?
Lequel de tes pairs n'as-tu pas ruiné?
Tu as saisi l'aigle dans les hauteurs de l'atmosphère et tu as jeté le chamois à bas de sa montagne.
Ton torrent ressemble à une marée montante où je vois engloutis les hommes les plus éminents comme les plus misérables!
Combien refusaient aux baisers leur joue dont la terre s'est rendue maîtresse!
Combien trouvaient trop lourd de porter un

collier, et dont le cou porte maintenant le fardeau de la terre humide!

LXX

Si le jeune homme se plaint de la vie pendant sa jeunesse, que dira-t-il lorsque le temps de la jeunesse sera passé?
J'ai cherché quelle compensation on pourrait offrir en échange à toute chose, mais je n'ai jamais rien trouvé d'égal à la jeunesse.

LXXI

La jeunesse seule, pour moi, est la vie. L'enfance et la vieillesse n'en sont pas.
La vie est comme le feu; elle finit par de la fumée.

LXXII

Le plus vil des cavaliers est celui qui fait des

incursions pour le butin, fais-les, toi, pour de nobles causes et tu seras honoré.

Mais garde-toi surtout des charmes des jeunes filles, car ils sont tels, que si tu y résistes, tu ne t'en repentiras pas.

Je suis le plus ancien de tes amis sincères, sois donc satisfait de mon conseil : le meilleur glaive est justement le plus vieux.

Attache-toi aux suivants de l'émir, et sois toi-même un suivant pour eux : tu t'éveilleras un beau matin au sommet le plus élevé.

Mais fuis les belles candides et n'aie pas d'autre souci que l'épée et la lance.

Sois un de ces émirs qui se garantissent, par leurs escadrons, contre tout péril, et qui taillent en pièces les armées les plus nombreuses.

LXXIII

O toi, qui chantes les louanges du vin que tu

aimes, ne dirait-on pas que tu le considères comme un oncle paternel ou maternel?

Tu serais vraiment son père, s'il était de la famille de la générosité (Karam); *mais non, il s'appelle* Karmyyat, *sans voyelle sur l'r, alors il a pour père la vigne.*

Quelle idée d'être venu visiter la Syrie, séparée de ton pays par des montagnes que les nuages recouvrent comme un manteau et un turban, alors que chez toi, on trouve, parmi les villes des deux 'Irâk, Bâbil et Ana, où le vin abonde!

N'as-tu pas remarqué que lorsque nos pères célébraient ces villes dans leurs vers, c'est plutôt leur vin dont ils chantaient les louanges?

Méfie-toi cependant de cette liqueur enchanteresse dont tu vantes les mérites, mais qui conduit à la folie et au crime celui qui en fait un trop fréquent usage!

Je te le jure, et tu peux me croire : ta qualité

d'étranger ne nuit pas à ton mérite et tes vêtements noirs n'assombrissent pas l'éclat de ton talent.

La richesse et la pauvreté sont en effet choses égales pour les gens d'esprit; je dirai plus : la pauvreté est plus précieuse que la richesse!

Car je n'ai jamais acquis de richesse, quelle qu'elle soit, sans qu'elle ne m'ait entraîné dans quelque désagrément.

Je n'ai jamais possédé un dirhem, sans qu'une nuée de soucis ne m'ait assailli.

Puisses-tu jouir d'une heureuse fortune! Le présent que je t'ai envoyé me rend confus, car, j'en prends Dieu à témoin : serait-il cent fois plus considérable, qu'il ne serait rien en comparaison de ta générosité!

C'est une chose infime, pour une main habituée à semer les bienfaits autour d'elle et qui ne saurait se fermer, pas plus que le verbe au passé ne sait porter la voyelle dhamma.

Je me reconnais coupable, c'est vrai ; mais toi, fais preuve de magnanimité en acceptant mes excuses, car je ne mérite ni louange ni blâme !

Si tu étais des vers, tu serais certainement les plus beaux, les plus parfaits, tant par la rigueur des rimes que par la régularité de la mesure qui n'a besoin ni de licence pour allonger le vers, ni d'aphérèse pour le raccourcir !

EXTRAITS

DES

LETTRES D'ABOÛ'L-'ALÂ

EXTRAITS

DES

LETTRES D'ABOÛ'L-'ALÂ

Lettre adressée par Aboû'l-'Alâ aux habitants de Ma'arrat, à son retour de Bagdâdh, un peu avant son arrivée.

Au nom de Dieu, clément et miséricordieux! Cette lettre est adressée aux habitants de Ma'arrat (que Dieu les comble de bienfaits!) par Ahmad, fils d'Abd Allah, fils de Soulaîmân, et est destinée à ses amis et connaissances. Que Dieu leur accorde la paix à tous et ne les abandonne pas, qu'il ne les disperse pas ni ne les laisse opprimer !

Voici ce que je leur adresse au moment de mon retour d'Irâk, ce pays où se rassemblent ceux qui aiment à discuter, où l'on trouve tant de vestiges de l'antiquité, après avoir clos ma jeunesse et dit adieu à mon printemps, après avoir trait toutes les mamelles du temps et éprouvé sa bonne et sa mauvaise fortune.

J'ai trouvé que la meilleure carrière à poursuivre, pour moi, est de me confiner dans la retraite comme le mauvais augure du chamois auprès du bon augure de l'autruche. Or, je n'ai jamais été un mauvais conseiller pour moi-même et je n'ai jamais manqué de mettre à l'abri ma portion de profit. J'ai donc décidé d'adopter cette conduite, après avoir invoqué l'assistance de Dieu et fait part de mon idée à un petit nombre d'amis en qui je pouvais placer ma confiance : ils l'ont tous considérée comme une résolution sage qui pouvait être mise en pratique avec prudence.

C'est une résolution qui a résisté aux méditations de plusieurs nuits de voyage, qui a été, comme on dit, résolue à Bakkah et portée à dos d'autruche. Ce n'est pas un nouveau-né d'une heure, ni un nourrisson d'un mois ou d'une année; c'est un enfant né depuis plusieurs années et un produit de la réflexion. J'ai tenu à vous informer de cette décision, craignant que quelqu'un d'entre vous n'ait l'intention de se rendre à la maison que j'habitais autrefois, dans le but de m'y rencontrer, et ne trouve la porte fermée, car ce serait pour moi deux maux dont je serais fort affligé : celui de me voir manquer d'éducation et celui d'être obligé de rompre des relations d'amitié. C'est ainsi que beaucoup de gens encourent le blâme sans aucune faute de leur part : « Laissez l'homme faire ce qui lui plaît », dit le proverbe. D'ailleurs, mon âme n'a consenti à mon retour que moyennant trois promesses : un isolement égal à celui de Fanîk, loin des autres étoiles, une séparation du monde aussi complète que celle du poulet de sa coquille, et enfin de rester dans la ville quand bien même les habitants fuiraient tous par crainte des Grecs. Et cette dernière condition s'accomplirait même si mes proches ou mes amis venaient à s'enfuir comme des antilopes grises ou des chameaux blancs. Je jure bien que je n'ai jamais voyagé pour accroître mes ressources, ni gagner quelque chose au contact de mes compagnons.

Je n'ai désiré qu'une chose : séjourner dans une ville savante. Le destin ne m'a pas permis d'y rester, et seul, un fou se révolterait contre lui. C'est pourquoi j'ai abandonné toute idée de cette faveur que le destin n'a pas voulu m'accorder.

Que Dieu vous accorde de pouvoir rester dans vos foyers au lieu de courir toujours sur vos chevaux et sur vos étriers, et qu'il étende sur vous sa faveur comme le clair de lune inonde la gazelle éperdue. Puisse-t-il donner une bonne récompense aux habitants de Bagdâdh, car ils m'ont loué plus que je ne méritais; ils ont témoigné de mes mérites avant de les connaître, et m'ont offert obligeamment leurs services. Ils ne m'ont cependant pas trouvé avide de louanges ni épris de popularité; mais lorsque je suis parti, c'était contre leur volonté. Et Dieu me suffit, c'est vers lui que cherchent refuge tous ceux qui sont dans le besoin!

A Aboû Tâhir Al-Moucharrif, fils d''Alî, sur une des raisons pour lesquelles il est revenu de l''Irâk.

Au nom de Dieu, clément et miséricordieux ! L'amour d'Abd al-Mottalib pour la femme de Namîr, pas plus que celui du poète Kouthayyir pour la sœur des Banoû Damrah, ne serait comparable à mon continuel désir de vous voir, cher maître, que Dieu conserve aussi longtemps qu'une maison construite dans la plaine, ou l'arbre Nab' au sommet des collines éternelles. Et comment la flamme du désir ne brûlerait-elle pas activement, lorsqu'elle est née par les liens du sang, allaitée par l'affection et entretenue par une longue suite de bienfaits ? Puisse Dieu me désaltérer en me permettant de vous rencontrer et puisse-t-il bénir notre réunion en vous accordant une longue vie ! N'êtes-vous pas l'étoile de ceux qui voyagent de nuit, le protecteur de ceux qui restent à la maison, leur flèche pour atteindre le but ? Je prie Dieu qu'il nous accorde une rencontre après laquelle nous ne craindrons plus aucune séparation, et qui sera une union indissoluble. Je suis si heureux de vous savoir en une santé durable que je réunis en votre faveur toutes mes actions de grâce.

Puisque les Bédouins n'ont pas fait de nouvelles incursions et que les filous de Bagdâdh n'ont écharpé personne, et puisque Dieu a accordé à tous des profits comme on ne pouvait pas raisonnablement s'y attendre, il aurait été meilleur pour vous de restreindre votre charité publique au strict nécessaire que l'on exige de vous et qui vous a déjà causé tant de désagréments d'un genre particulier auquel vous n'étiez guère accoutumé.

Mais au contraire, tandis que les besoins diminuaient, les dons n'ont fait que doubler et tripler. Comme le Coran l'a dit : « Vous avez fait une chose étrange! » et comme dit le proverbe arabe : « Tous les deux et des dattes en plus. » Louange à Dieu qui nous a faits comme les habitants du Bahreïn; vous aimez les palmiers généreux dont le fruit peut être mangé sec ou humide et dont les feuilles peuvent servir comme vêtements. Si nous n'avions été soucieux de vous obéir et contrariés de vous déplaire, nous aurions aimé prendre les dattes et vous désobéir quant aux vêtements, étant de ces gens à qui Ibn az-Zoubaîr dit : « Vous avez mangé mes dattes et désobéi à mes ordres. » Dieu fasse que vous soyez de ceux qui « quand ils dépensent, ne sont ni prodigues ni avares, mais un juste milieu entre les deux. » Votre conduite ne serait pas de la prodigalité, car, quoi que vous donniez, ce serait comme si l'on tirait des seaux de la mer, et si vous donniez beaucoup ou peu, on serait également excusable de l'accepter. Mais quant à cette somme qui serait un trésor pour l'émigrant, un capital pour le commerçant, la prendre aurait été une injustice, mais la langue ne peut vraiment pas la refuser. A présent tout insensé sait que le Tihamah est plein d'acacias et que votre générosité excède vos moyens, aussi bien que votre empressement à entreprendre des voyages et à mettre votre vie en péril, et nous nous donnons seulement des airs devant les étrangers, pas devant nos relations, et devant de nouveaux amis, non devant les anciens.

Une lettre fut envoyée de notre part à tous, où nous jurions solennellement qu'en aucun cas nous ne dissiperions votre avoir pendant ce voyage, quand bien même la famine accablerait vos chameaux. Nous l'avons envoyée à temps pour qu'elle puisse vous parvenir à Alep, chagrinés de ce que vous pourriez décider. Il y avait juste le temps pour y arriver. Cette lettre fut confiée à un voyageur nommé Mi'yar (Malheur à lui!) qui déclara l'avoir donnée au respectable Moukbil. Ainsi je ne sais pas si la lettre vous est parvenue et si vous avez refusé de l'écouter, ou si le messager s'est enfui avec son dépôt.

En tous les cas, nous vous devons une réparation pour le serment brisé et nous vous offrons à vous et à votre excellent père (que Dieu nous accorde de le faire vivre longtemps) des compliments qui puissent remplir votre demeure et parfumer votre haleine de musc.

Réponse d'Aboû'l-'Alâ à une lettre d'Ibn Abî 'Imrân.

L'humble esclave de Dieu, Ahmad, fils d'Abdallah, fils de Solaîmân dit : Je commencerai par déclarer que je regarde le noble prince (à qui j'écris) que Dieu a guidé en religion et dont la vie puisse-t-il prolonger, comme un de ceux qui ont hérité de la sagesse des Prophètes, tandis que je me considère moi-même comme un ignorant. Comment est-il possible que vous condescendiez à m'écrire ! Qui suis-je donc pour qu'un personnage comme vous daigne correspondre avec moi ? Je m'attendrais plutôt à voir les Pléiades descendre sur la terre ! Dieu sait que je suis dur d'oreille et faible de vue, destin qui m'a assailli lorsque je n'avais que quatre ans, au point que je ne saurais distinguer entre une maison et ses habitants. A cette calamité s'ajouta alors une longue suite de désastres, au point que ma physionomie a fini par ressembler à une branche tordue et que je suis devenu finalement, dans mes dernières années, impotent et incapable de me lever.

Quant à vos questions, je dirai peu de choses sur les problèmes qui vous tourmentent. Dieu tout-puissant m'a condamné personnellement à la privation, et, dès ce moment, j'ai commencé la guerre sainte de la pauvreté. Le vers que vous citez :

> Ton entendement et ta foi sont-ils chancelants?
> Viens à moi...

a été adressé seulement à ceux qui gisent dans le bourbier de l'ignorance, non à quelqu'un qui est le phare et la source de la connaissance. Les animaux sont, comme vous le dites, sensibles, et ils ressentent la souffrance. J'ai entendu quelques échos des discussions des Anciens, et le premier point d'où ils partent est ceci : Supposons un être humain qui viendrait à dire : Si nous voulions formuler une proposition composée d'un sujet, d'un prédicat et de deux termes intermédiaires, un négatif et l'autre indiquant une exception, exemple : « Dieu ne fait que le bien », cette proposition serait ou vraie ou fausse. Si elle est vraie, nous voyons cependant que le mal domine et nous accordons que c'est un mystère. De là, certaines personnes religieuses se sont efforcées de tous temps de s'abstenir ouvertement de viande, parce qu'on ne peut l'obtenir sans causer de mal aux animaux, qui, de tous temps, ont évité le mal. Voyez la brebis, domestiquée et accompagnée d'un jeune agneau. Quand elle a donné naissance à l'agneau et qu'il a vécu un mois à peu près, on le tue, on le mange et on se sert du lait de la brebis. Et celle-ci passe la nuit à bêler et voudrait pouvoir courir en quête de son petit. C'est d'ailleurs un thème commun aux poètes arabes que de dépeindre les souffrances des bêtes sauvages et l'attachement d'une vache sauvage, par exemple, pour son veau.

> Jamais, dit l'un d'eux, la mère d'un jeune chameau ne ressentit un chagrin comparable au mien, et cependant, quand elle le perdit, elle gémit longtemps, longtemps!

Un adversaire pourrait objecter : Si Dieu ne veut que le bien, il peut y avoir deux cas pour le mal : Ou Dieu doit le savoir ou il ne le sait pas. S'il en a quelque connaissance, de deux choses l'une : Ou il le veut ou non. S'il le veut, il en est pratiquement l'auteur, comme dans le cas suivant : « Le gouverneur a fait couper la main du voleur », quoiqu'il ne l'ait pas fait de ses propres mains. Mais si Dieu ne l'a pas voulu, il a en tout cas accepté ce que tel gouverneur n'aurait pas souffert sur la terre. S'il était fait dans sa province ce qui ne lui plaît pas, il réprouverait l'auteur et donnerait des ordres pour que cela ne se renouvelle pas. C'est une difficulté que les métaphysiciens ont trouvée difficile à résoudre, sinon insoluble. Les prophètes nous disent alors que Dieu est bienveillant et miséricordieux. S'il aime à ce point l'humanité, il sera naturellement bienveillant aussi pour les autres classes d'êtres vivants qui sont sensibles aux moindres souffrances. Il doit aussi savoir que les animaux, tandis qu'ils sont paisiblement au pâturage, sont souvent assaillis par des chasseurs qui percent de leurs lances les mâles aussi bien que les femelles.

Comment, alors, celui qui les traite ainsi peut-il mériter quelque compassion, pauvres bêtes qui ne boivent jamais en dehors de leurs auges ni ne transgressent aucun code écrit? J'ai vu, il est vrai, bien souvent aussi, deux armées, professant chacune un culte distinct, se rencontrer sur un champ de bataille et des milliers d'hommes tomber de chaque côté. En vertu de quelle théorie? Voilà des choses que la science même n'arrive pas à éclaircir.

C'est pourquoi, ayant entendu parler de ces différentes opinions, et ayant atteint ma trentième année, je demandai à Dieu de m'accorder un jeûne perpétuel, que je ne romprais jamais pendant un mois ou une année hormis deux jours de fête; pour le reste, je laisserais se dérouler les jours et les nuits sans jamais le rompre. J'ai cru aussi que la restriction que je m'imposais à une nourriture végétale, serait favorable à ma santé, et vous avez vu sans doute dans les anciens ouvrages et les aphorismes attribués à Galien et d'autres, que les auteurs croyaient à l'excellence de ce régime.

S'il est dit que le Créateur est bienveillant et miséricordieux, pourquoi tolère-t-il que le lion dévore un être humain qui n'est ni nuisible ni méchant? Quelle multitude d'hommes a péri de la piqûre des serpents! Pourquoi a-t-il accordé au faucon un pouvoir sur d'autres oiseaux qui se contentent de picorer des graines? Combien de fois la poule de bruyère s'enfuit le matin, laissant ses petits assoiffés, pour trouver de l'eau et leur en apporter dans son jabot, puis, lorsqu'elle est sur le point de les rejoindre, un milan la rencontre et la dévore, pendant que les petits périssent de soif?

(Il dit encore quelques mots sur ce chapitre, puis continue :)

Je prie Dieu qu'il me pardonne de citer les paroles de l'hérétique :

« Oumm Bakr est venue en saluant et a
« souhaité la bienvenue. Combien de nobles

« lignées d'ancêtres et de corps généreux
« gisent dans le puits, le puits de Badr!
« Combien d'écuelles couronnées par la
« bosse de chameau gisent dans le puits, le
« puits de Badr! Mère de Bakr, ne m'ap-
« porte plus de coupes, depuis que le frère
« de Hishâm est mort! Ne m'en apporte
« plus depuis que son père (est mort),
« qui était un héros d'entre les héros, un
« buveur de vin. Dites à Dieu, le très-
« haut, de ma part, s'il vous plaît, que
« je renonce au mois du jeûne. Quand
« la tête aura été séparée de ses épaules
« et que le compagnon aura son soûl,
« Ibn Kabshah promet-il qu'il vivra encore?
« Et comment fait-il pour donner la vie
« aux esprits et aux fantômes? Y a-t-il
« vraiment une révélation qui dit que la
« mort rejettera mon corps et me redressera
« après que mes os auront été réduits en
« poussière? »

Que la malédiction de Dieu soit aussi sur celui qui dit — on dit que c'est Al-Walîd ibn Yazîd ibn 'Abd al-Malik :

Apporte le vin près de moi, mon ami !
Je suis sûr que je ne serai pas envoyé en enfer.
J'enseignerai à mes gens qu'ils embrassent la religion des ânes.
Car je trouve que celui qui brigue le paradis joue gros jeu (un jeu de perdant).

Maudit soit aussi Ibn Rou'yân, si c'est lui qui a dit :

Voici la première vie ; ils en ont promis une seconde.
Mais l'espoir déçu rend le cœur malade.
Si une partie de ce qu'ils disent était vraie, ce qui nous fait souffrir nous ferait aussi du bien.

Une autre raison qui m'a incité à m'abstenir de nourriture animale est que mon revenu est de vingt dinars par an, et quand mon domestique en prend autant qu'il en a besoin, il ne reste plus grand'chose. Je me restreins donc à des fèves et des lentilles et à une telle nourriture que je préférerais ne pas la mentionner. Ainsi, à présent, si mon domestique m'apporte ce qui est beaucoup pour moi et peu pour lui, ma portion est de peu de chose. Mais je n'ai pas l'intention d'augmenter mes rations, ou de voir revenir des maladies qui m'avaient quitté. Salut !

Aboû 'l-'Alâ à Ibn Abî 'Imrân.

..... Moi, qui confesse mon ignorance et reconnais mon égarement, et prie Dieu qu'il m'accorde un peu de sa grâce, je ne puis que vous répéter ce que j'ai dit lorsque, pour la première fois, je m'adressai à vous, quand j'avouais ma confiance en votre habileté et, comparée à elle, ma propre faiblesse et ma pauvreté, combien je me reconnaissais muet et inconscient, et je trouvais merveilleux que quelqu'un comme vous cherche une lumière en celui qui n'en possède pas — c'est comme si la lune, qui travaille nuit et jour au service de son Maître, cherchait un guide chez les bêtes à cornes qui traversent le désert pour aller à la source rencontrer le chasseur qui leur percera le cœur de sa flèche.

Vous citez un de mes vers rimant en *Hâ*,

écrit pour dire aux autres combien je lutte âprement pour être religieux, et ce que je trouve comme argument, quant au texte : « Celui que Dieu guide est dans le droit chemin. » Le premier est celui-ci :

> Ton entendement et ta foi sont-ils chancelants ?
> Viens alors à moi afin d'apprendre la vérité sur cette chose.
> Ne mange pas injustement ce que l'eau produit,
> et ne mange pas la viande des animaux récemment tués.

Personne ne pourrait nier que les créatures qui vivent dans la mer sortent de l'eau contre leur gré. Si l'on consulte la raison, elle ne trouvera aucun inconvénient à ce qu'on refuse de manger du poisson, car les hommes religieux se sont de tous temps abstenus de choses qui, en elles-mêmes, sont légales.

> Ne mangez pas non plus le blanc des mères

qui en ont désiré la crème pour leurs enfants et non pour des jeunes filles de haute naissance.

Le blanc signifie le lait. Il est connu que lorsque le veau est tué, la vache dépérit pour lui et reste éveillée des nuits entières. Sa viande est mangée et le lait qu'il aurait sucé est prodigué aux propriétaires de sa mère. Quel préjudice alors peut-il y avoir à s'abstenir de tuer le veau et à refuser de se servir du lait? On ne doit pas accuser un tel homme d'illégalité; il fait preuve au contraire de ferveur religieuse et de clémence envers la victime et il espère qu'il pourra être récompensé, pour son abstinence, par le pardon du Créateur. Et s'il est dit que le Très-Haut distribue ses dons également entre ses serviteurs, quel péché ont donc commis ces victimes qui seraient ainsi exclues de sa grâce?

> N'attaquez pas non plus les oiseaux quand ils sont occupés avec leurs œufs, car le brigandage est le pire des crimes.

Le Prophète a défendu de chasser la nuit. Je trouve que c'est une des deux interprétations du commandement : « Laissez les oiseaux dans leurs nids. » C'est dans le Coran aussi qu'est le verset : « O vous qui croyez, ne tuez pas de gibier pendant que vous êtes en pélerinage ; si quelqu'un de vous tue à dessein quoi que ce soit, il doit payer en bétail la valeur de ce qu'il a tué. »

L'homme, si peu doué de bon sens soit-il, qui entend cette tradition, ne peut pas être blâmé s'il aspire à gagner la faveur du Maître du ciel et de la terre en traitant le gibier légal comme gibier illégal, quoique le premier ne soit pas défendu.

> Laissez le miel pour lequel les abeilles affairées sortent de si bonne heure afin de le recueillir sur les fleurs brillantes.

Puisque les abeilles luttent si énergiquement pour protéger leur miel du collecteur, il n'y a pas de préjudice pour un homme qui s'en abstiendrait et désirerait placer l'abeille dans la même catégorie que les autres créatures qu'il n'aime pas voir tuer pour être mangées ni voir leurs moyens de vivre pris pour nourrir et engraisser des femmes et d'autres êtres humains. Les poètes ont décrit ceux dont je veux parler. Aboû Dhi'b parle ainsi du collecteur de miel :

> Quand les abeilles le piquent, il se soucie peu de leurs aiguillons, mais il lutte pour parvenir à la ruche.

On raconte d''Alî qu'il possédait un sac de farine d'orge, ordinairement ficelé; seulement quand il jeûnait, il n'en avait aucun de fermé. Quoiqu'il eût une grande quantité de grains, il avait l'habitude de le distribuer en aumônes et se contentait du minimum. Un ascète disait aussi dans un sermon qu'il avait recueilli la valeur de 50.000 dinars de grain dans l'année, mais qu'il avait tout distribué. C'est ce qui nous montre que les Prophètes et les célèbres personnages se sont toujours limités, de manière à employer leur superflu pour les indigents.

Vous avez même objecté qu'un végétarien devait être blâmé. Si l'on devait appliquer ce principe, on ne devrait pas non plus faire d'autres prières que celles prescrites, car les prières supplémentaires causent un tourment inutile que Dieu ne peut approuver. De même, quand un homme opulent a dépensé le quarantième de sa fortune en aumônes, il ne doit pas donner plus. Il y a alors beaucoup de passages dans le Coran où la prodigalité est recommandée.

Voici une réponse suffisante pour votre humble serviteur. Devrais-je paraître en votre présence : vous sauriez qu'il ne reste rien à demander ni à répondre. Car mes membres se refusent à s'associer à moi pour m'aider : je ne puis me tenir debout pour faire la prière ; mais pour prier assis, Dieu m'assiste. J'aurais volontiers atteint le degré de force nécessaire pour me traîner avec un bâton.

(Quelques vers tirés des poètes arabes, dit Yâkoût, sont cités relativement à son infirmité).

Quand je suis couché, je ne peux pas m'asseoir, et ne trouve pas d'assistance. Quand mon aide allonge sa main pour me soulever, mes os, qui sont dépouillés de chair, craquent.

Quant au vers de Motanabbî que vous citez, quelqu'un qui cherche un guide chez une si faible créature que je le suis, ne peut qu'être comparé à celui qui cherche des dattes sur des chardons. Ce qui vous a poussé à le faire, c'est cette confiance qui dénote une nature noble, une âme élevée, une haute éducation et un caractère intègre.

Votre proposition aussi d'écrire pour faire augmenter ma pension est également une preuve de cette générosité que vous avez héritée d'ancêtres innombrables, remontant aux origines du monde. Je n'ai aucun désir d'augmentation, aucun désir de retrouver un luxe, dont l'abstinence est devenue pour moi une seconde nature.

Pendant quarante-cinq ans, en effet, je n'ai pas goûté de viande, et un vieillard ne quitte ses habitudes que lorsqu'il est recouvert de la poussière de la tombe. L'excellent « Diadème des Princes, Orgueil du royaume, Pilier de la souveraineté, Armes et Gloire de la dynastie, doublement glorieux » est, je le sais, l'égal de tous les fils de Sem, Cham et Japhet et je verrais volontiers la citadelle d'Alep et toutes les montagnes de la Syrie changées en or et dépensées en aumônes par le Diadème des Princes et Pilier de la dynastie prophétique, sur la tête de qui soit la paix, comme aussi sur ses illustres ancêtres, sans qu'un liard en parvienne jusqu'à moi. En vérité, je serais même confus si le Diadème des Princes me regardait comme quelqu'un qui soupire après ce monde d'ici-bas, c'est-à-dire après quelque chose qui est déjà dans le passé. Je serai satisfait si, lors de ma comparution devant Dieu tout-puissant, je ne suis chargé de rien de plus que de mon abstinence de viande. Si je parvenais à ce résultat, je serais béni.

(Il cite quelques anecdotes et raisons pour excuser ses rimes).

Puisse votre cause être toujours accompagnée du succès et votre pouvoir aller toujours en montant, comme dit Tha'laba, fils de Sou'aïr :

Combien de méchants et d'hommes injustes dont les poitrines sont bouillies avec de fallacieuses erreurs, pourrais-je tourmenter et réduire au silence par la triomphante vérité !

Discuteriez-vous avec Aristote, vous voudriez le confondre, ou avec Platon, vous rejetteriez ses arguments bien loin !

Que Dieu glorifie sa loi par votre vie et fortifie sa religion par vos arguments. Dieu me suffit ; il est le meilleur des remplaçants.

NOTES

NOTES

IV. Les deux *Simâk* appartiennent toutes deux à la constellation du Bouvier. La plus élevée est appelée As-Simâk ar-Râmih, « Simâk armée de la lance » : c'est l'étoile Arcturus.

VIII. La *Kibla* étant la direction de la Mecque, « celui dont la *Kibla* est à l'Orient » désigne le vrai croyant.

XI. Le texte dit : « Une bande de Hadjarites », de la ville de Hadjar, capitale du Bahreïn, sur le golfe Persique. C'était le berceau de la puissance des Karmates, secte dissidente de l'Islamisme, dès les premiers siècles de l'hégire.

Le malheur dont l'Islam est atteint est ici la mort du sultan Bouyide Aboû Kâlidjâr en 440 de l'hégire.

XIII. L'éclipse, *id est* le trépas.

XXII. Al-'Awacîm, « les lieux prohibés », était le nom de la province de Syrie située au sud d'Alep, et dont dépendait Ma'arrat an-No'mân. Sa capitale était Antioche.

XXIII. Les Hanéfites, disciples d'Aboû-Hanîfa, étaient la secte la plus répandue à Bagdâdh, en Mésopotamie et en Syrie. Dans ce vers, le mot Hanéfites désigne tous les musulmans en général.

XXV. Allusion à l'épithète « la Charîk lahou », sans associé, que l'on ajoute souvent au nom d'Allah, pour prévenir les objections polythéistes.

XXVII. Il y a là certainement un vague souvenir de la doctrine développée dans le *Phédon*. Les Arabes, qui ont très peu connu Platon, attribuent à Aristote toutes les doctrines qui leur sont venues de l'antiquité.

L'ange dont il est parlé dans cette pièce est sans doute une allusion aux deux anges de la mort, Nakîr et Mounkir, qui font subir au mort un interrogatoire dans le tombeau. C'est l'opinion de von Kremer.

XXIX. La première partie de cette pièce contient une allusion au dogme de la transmigration des âmes, auquel Aboû'l-'Alâ ne paraît pas avoir cru (voir la page suivante). Dans la seconde partie, il veut parler de sa répugnance pour la procréation.

XXXIII. Il y a là une critique du dogme de la prédestination, soutenu à cette époque par une bonne moitié des docteurs musulmans.

XLII. Un poète *Râdjiz* est celui qui fait des pièces de vers tout entières du mètre *Radjaz*. Un *Châ'ir* est un poète par excellence, qui emploie tous les mètres et auprès duquel le premier pourrait être qualifié de rimeur ou de poétaillon.

XLVI. Radwâ est une montagne qui se dresse à pic entre la Mecque et Médine.

L. Yathrîb était l'ancien nom de la ville de Médine, qui s'appela Madînat an-Nabî, « la ville du Prophète », lorsque le prophète Mouhammad s'y réfugia après s'être enfui de la Mecque. Les trois morceaux suivants font suite à celui-ci.

LVII. Cette pièce et la suivante font suite à la pièce LVI.

LXII. L'*abâ* est une sorte de robe en laine ou en poil de chameau, à longues raies noires et blanches, ouverte par devant, sans collet et sans manches. C'est ordinairement le costume des paysans; elle est remplacée par la *Galabieh* en Egypte, *Djallâba* dans le Maghreb.

LXIII. L'*alanda* et le *kibâ* sont deux arbrisseaux à épines que l'on trouve dans certaines parties du désert d'Arabie.

LXIV. L'auteur veut dire par là que sa chaîne généalogique s'arrêtera à lui.

LXV. Cette pièce et la suivante font suite à la pièce LXIV.

LXVIII. Le *Kathâ* est un oiseau, semblable à un pigeon, qui vit dans les déserts d'Arabie et d'Egypte. Son nom lui vient du cri *Katha* qu'il fait entendre plusieurs fois de suite. Il vole toujours à une allure très rapide et il est difficile de le surprendre.

LXXIII. Cette poésie et la *Kasîda* suivante sont extraites du *Sakt az-zand*.

LXXIII. Il y a dans cette poésie, au commencement, un mauvais jeu de mots, fondé sur ce que les mêmes consonnes k. r. m. signifient à la fois la vigne *(Karm)* et la générosité *(Karam)*.

Âna est une île de l'Euphrate et une ville autrefois célèbre entre Rahbeh et Hît. Elle était fameuse pour ses vins que l'on appelait *'Ânyya*, « la liqueur d'Âna ».

L'étranger dont il est question ici portait des vêtements noirs, comme le font souvent les voyageurs, parce que le noir est moins salissant. D'après les commentateurs, cet étranger se serait plaint à Aboû'l-'Alâ de son embarras et des ennuis que lui attirait sa qualité d'étranger.

Il y a encore un jeu de mots à la fin de la *Kasîda*. Le

mot *dhamma* signifie « fermer, réunir » et « affecter une consonne de la voyelle *o*. » Le verbe, à la 3ᵉ personne du passé, ne se termine jamais par la voyelle *o*.

(Lettre n° 1). Cette lettre date de l'an 400 de l'hégire. Elle a été publiée et traduite en anglais dans Margoliouth, *op. cit.*, p. 42.

Bakkah est une bourgade de Syrie. Cette expression, qui s'emploie lorsqu'on parle d'une résolution irrévocablement décidée, est attribuée à Kasir, fils de Sa'd le Lakhmite, qui l'aurait dite à Djadhimah Al-Abrach, lorsqu'il tomba entre les mains d'Al-Zabba. *Cf.* Maîdânî, I, p. 74.

Fanîk est une étoile isolée dans la constellation du Taureau.

Les Grecs faisaient à cette époque de fréquentes incursions dans la région d'Alep et de Ma'arrat, de connivence très souvent avec les princes musulmans de la région, qui étaient toujours en lutte les uns contre les autres.

(Lettre n° 2). Kouthayyir, poète mort en 105 de l'hégire, était célèbre pour son amour pour 'Azza, des Banoû-Damrah.

Le proverbe : « Tous les deux et des dattes en plus », est supposé avoir été dit par un homme qui offrit trois choses à quelqu'un qui ne lui en avait demandé que deux.

« Quand ils dépensent... » Passage du Coran, XXV, v. 67.

(Lettre n° 3). Publiée et traduite par Margoliouth

(article cité sur le végétarianisme d'Aboû'l-'Alâ al-Ma'arrî.) Nous avons parlé dans notre étude sur la vie d'Aboû'l-'Alâ de cette correspondance avec Hibat Allah ibn abî 'Imrân, qui a été rapportée par Yâkoût d'après Ibn Al-Habbâryyat. Hibat Allah, ayant lu la Louzoûmyyat, avait écrit le premier à Al-Ma'arrî pour lui demander quelques éclaircissements sur les doctrines végétariennes qui y sont exposées.

Les vers commençant par « Oumm Bakr est venue... » sont attribués par Ibn Hishâm à Sheddâd ibn al-Aswad, après la bataille de Badr, où le Prophète Mouhammad détruisit l'armée des Koreîshites coalisés.

Ibn Kabshah était un surnom donné au Prophète par les païens de la Mecque. Il y a là une allusion aux promesses que le Prophète faisait à ses disciples et que les Koreîshites taxaient de mensonges.

(Lettre n° 4). Cette lettre commence par de longs compliments que nous avons omis. Les vers cités et commentés par Aboû'l-'Alâ sont tirés de la Louzoûmyyat. Les épithètes pompeuses « Diadème des Princes, Orgueil du royaume, etc. » désignent, comme nous l'avons dit, le vizir Sadakat ibn Yoûsouf al-Fallâhî, qui mourut en 440, sous le khalifat d'Al-Moustansir. Cette énumération d'épithètes peut paraître ironique sous la plume d'Al-Ma'arrî, qui n'a plus rien à demander aux grands de ce monde.

BIBLIOGRAPHIE

BIBLIOGRAPHIE

LOUZOÛMYYAT :

Von Kremer : *Kulturgeschichte d. Araber*, (1877), II, p. 386-396.

— Abhandlungen über die philosophischen Gedichte des Abu'l-Alà (*Sitzungsberichte der Kaiserlichen Akademie der Wissenschaften zu Wien*, Hist. phil. Klasse, CXVII, 6te Abhand. 1889).

— Philosophische Gedichte. *Zeitschrift der deutschen Morgenländischen Gesellschaft*, XXIX, p. 304-312 ; XXX, p. 40-52 ; XXXI, p. 471-483 ; XXXVIII, p. 498-529, *Sitzungsberichte*, XCIII, p. 636-640.

SAKT AZ-ZAND :

Fabricius : Dantzig, 1638.

Golius : Erpenius, *Arabic grammar*, 1656.

De Sacy : *Chrestomathie arabe*, 2ᵉ éd., Paris, 1827, III, p. 81-121.

J. Vullers : *Harethi Moallaca et Abulolæ carmina duo inedita*, 1827.

Von Hammer : *Literaturgeschichte der Araber*, VI, p. 900-972.

LETTRES :

D. S. Margoliouth : *The Letters of Abu'l'-Alâ (Anecdota oxoniensia*. Semitic series, part. X).

— *Abu'l-'Alâ al-Ma'arri's correspondence on Vegetarianism (Journal of the Royal asiatic Society*, april 1902).

ÉTUDES BIOGRAPHIQUES ET LITTÉRAIRES :

C. Rieu : *De Abu'l-'Alæ poetæ vita et carminibus*, Bonn, 1843.

Von Hammer : *op. cit.*, VI, p. 900-972.

Pococke : *Specimen Historiæ Arabum*, p. 42.

Abulfida : *Annales*, éd. Reiske, III, p. 163-165.

Weil : *Geschichte der Khalifen*, III, p. 72.

Ibn Khallikan : *Biographical dictionary*, trad. De Slane, I, p. 94-98.

I. Goldziher : *Zeitschrift der deutschen Morgenlandischen Gesellschaft*, XXIX.

— *Abhandlungen zur arabischen Philologie* (1896).

Yâkoût : *Dictionary of Litterateurs* (MS. Bodleian Library, Or. 753).
Safadi : Ms. Arch. A. 21 et 26.
Dhahabi : *Târîkh al-Islâm* (Ms. Br. Museum, Or. 50).

EDITIONS ORIENTALES :

Sakt az-Zand, avec commentaire *Tanwîr* de Tabrîzî, Boûlâk, 1286. In-8.
Louzoûm ma la yalzam. Le Caire, 1891, et Bombay, 1303. In-4, lithog.
Rasâil, éd. Beyroût, 1894. In-8.

TABLE DES MATIERES

Achevé
d'imprimer
le quatorze mars
mil neuf cent quatre
pour Charles Carrington
libraire-éditeur à Paris
par A. Rey & Cie
imprimeurs
à Lyon

Uniforme avec la présente Édition

LES QUATRAINS
d'Omar Kháyyám

traduits du persan sur le manuscrit
conservé à la Bodleian Library d'Oxford

publiés avec une Introduction et des Notes

PAR

CHARLES GROLLEAU

Un volume petit in-4°, tiré à 500 exemplaires tous numérotés et paraphés par l'Éditeur

PARIS
CHARLES CARRINGTON
13, Faubourg Montmartre

1902

Retrouver, à près de dix siècles en arrière, chez un peuple voué par la docilité de sa langue et sa richesse verbale aux amplifications lyriques, à la redondance fastueuse, — les Persans — un poète à l'accent énergique et farouche, pouvant s'égaler au chantre de l'Ecclésiaste comme au sombre nomade qui nous laissa les imprécations de Job, est un plaisir trop rare pour qu'il soit permis d'ignorer le livre où M. Charles Grolleau nous restitue cette figure attirante au possible.

Les Quatrains d'Omar Khâyyâm, outre le document précieux qu'ils nous apportent sur l'Orient inconnu, nous donnent cette impression poignante de tous les chefs-d'œuvre : le sentiment d'un thème éternel rajeuni par de nouveaux accents.

Des siècles avant Shakespeare, une âme sœur de celle que le grand Anglais sut insuffler à son prince halluciné par la Nuit, la Mort et l'Amour, a pu condenser, en des quatrains plus éloquents et plus fiers que mille poèmes réputés, toutes les amertumes que verse la vie aux cœurs qu'elle désenchante.

Khâyyâm, sur sa terrasse de Nishapour, au clair de lune, cet astre si doux à ceux qu'accable le soleil, improvisait pour ses amis ces merveilleux quatrains que multiplièrent les copistes. Il y chantait l'ivresse et le vin, clair symbole du rêve, électuaire d'oubli, mais son refrain qui pourrait être monotone, son *carpe diem*, plus dédaigneux et plus détaché que celui du chevalier latin, vous hante à l'égal des strophes des plus nobles chanteurs.

Le Divan de l'impassible Gœthe, les sanglots étouffés sous d'ironiques sourires, les petites chansons, faites avec de grandes douleurs, de Henri Heine, la tragique désespérance des poèmes de Léopardi, les refrains funèbres du Chinois Li-Taï-Pé, devant sa tasse libatoire, se voient ici dépassés, et rien ne vaut l'émotion que l'on ressent à la lecture des Rubaiyat, émotion où se mêle une sorte d'effroi d'entendre chuchoter; avec des mots si pareils aux nôtres, ce Persan dont la voix s'est tue, il y a près de mille ans.

Dans l'introduction si remarquable qui précède la traduction des *Quatrains*, M. Grolleau nous apprend que Kháyyám est l'objet d'une sorte de culte parmi tous les lettrés d'outre-Manche, grâce à l'adaptation merveilleuse de Fitz-Gerald. Il est certain qu'à défaut d'une ferveur égale les *Quatrains* vont exciter en France un puissant intérêt.

Déjà le traducteur a recueilli les suffrages de plusieurs maîtres de la littérature, et la présente édition des *Quatrains d'Omar Kháyyám* est sur le point d'être épuisée.

Il convient, du reste, de noter que les bibliophiles ne pouvaient laisser passer, sans lui faire accueil, ce volume édité dans des conditions exceptionnelles de luxe et d'élégance.

OPINIONS SUR OMAR KHÁYYÁM

« *Rien ne ressemble moins à ce qu'on entend chez nous par poésie orientale, c'est-à-dire un amoncellement de pierreries, de fleurs et de parfums, de comparaisons outrées, emphatiques et bizarres, que les vers du Soufi Kháyyám. La pensée y domine et y jaillit par brefs éclairs, dans une forme concise, abrupte, elliptique, illuminant d'une lueur subite les obscurités de la doctrine et déchirant les voiles d'un langage dont chaque mot, suivant les commentateurs, est un symbole. On est étonné de cette liberté d'esprit, que les plus hardis penseurs modernes égalent à peine, à une époque où la crédulité la plus superstitieuse régnait en Europe, aux années les plus noires du moyen âge.*

« *Le monologue d'Hamlet est découpé d'avance dans ces quatrains où le poète se demande ce qu'il y a derrière ce rideau du ciel tiré entre l'homme et le secret des mondes, et où il poursuit le dernier atome d'argile humaine jusque dans la jarre du potier ou la brique du maçon, comme le prince de Danemark essayant de prouver que la glaise qui lute la bonde d'un tonneau de bière peut contenir la poussière d'Alexandre et de César.* »

Théophile GAUTIER.

(Moniteur Universel, *feuilleton du 8 Décembre 1867.*)

« *Khâyyâm est peut-être l'homme le plus curieux à étudier pour comprendre ce qu'a pu devenir le libre génie de la Perse sous l'étreinte du dogmatisme musulman......*

« *Certainement, ni Moténabbi, ni même aucun de ces admirables poètes arabes anté-islamiques, traduits avec le plus grand talent, ne répondraient si bien à notre esprit et à notre goût.* »

(Journal Asiatique, 1868.) Ernest RENAN.

« *Que ce livre* (les Quatrains d'Omar Kháyyám) *soit, comme on l'a prétendu, une protestation contre le dogmatisme musulman, ou qu'il soit le produit d'une imagination maladive, singulier mélange de scepticisme, d'ironie et de négation amère, il n'en est pas moins curieux de trouver en Perse, dès le* XIe *siècle, des précurseurs de Gœthe et de Henri Heine.* »

(La Poésie en Perse.) BARBIER de MEYNARD.

LES QUATRAINS D'OMAR KHÁYYÁM sont imprimés avec les caractères dessinés par le peintre Eugène Grasset, fondus par G. Peignot et fils, sur vergé d'Arches filigrané au nom de l'éditeur.

Chaque page est encadrée de motifs copiés sur des spécimens de l'art persan le plus pur. Le titre, du même style, et les encadrements sont tirés en couleur.

La couverture rempliée porte le titre de l'ouvrage en lettres d'or imprimées en relief.

Justification du Tirage

Nos 1 à 15,	sur *Chine*	prix.	30 fr.
16 à 45,	sur *Japon*	—	20 »
46 à 500,	sur *Hollande* . . .	—	10 »

Adresser toutes les Commandes directement

à M. Charles CARRINGTON, libraire-éditeur,

www.ingramcontent.com/pod-product-compliance
Lightning Source LLC
LaVergne TN
LVHW012006220826
846092LV00001B/260

* 9 7 8 2 3 2 9 7 9 2 7 9 8 *